有限溫存

亦舒

「誠意聘請旅遊伙伴一名，男性，年紀三十以下，相貌端正，身段高大，性情開朗，無不良嗜好，大學程度，旅遊目的地是英法兩國，支出全由僱主支付，兼付薪酬，出發時間在明年春假，為期兩週，有意的同學請致電郵號碼——」

廣告刊登在大學的學生信息網頁。

該頁廣告無奇不有，最多是尋找寵物求助，像「灰色亞比鮮尼亞一歲貓，植有晶片，名字咘咘，叫牠會應，有酬金！！」

還有某月某日在天秤座酒吧遺失紅色大衣一件，路邊咖啡座桌上遺忘手袋、電腦、電話……

中年女管家嘆氣，「什麼都會遺失，還全是大學生，這裏也有個信息：彷彿他們先不見腦袋，才會失去其他。」

她的東家回答：「人生路上，少不免失去一些，尋到一些。」

「這裏一則啟事有人丟卻一套茱迪與賓治木偶，茱迪是那個抓着木棍打人的老太，賓治是捱打男角，歐陸孩子們最熟悉。」

女主人悄悄說：「如果有，可能找到。」

「什麼。」

「累了，我先休息，等候應徵者吧。」

她進臥室不久，殷律師來訪。

她與管家是彼此尊重的老員工，「七姐，你好。」

「殷律師好，太太正休息，可要知會她。」

「不用，把你家那好吃果子拿點出來。」

「明白。」管家笑着走開。

雖然不是第一次嚐，一口核桃酥進口，也忍不住唔一聲。這時，女主人緩緩出來見客。

殷律師站起，「精神還好嗎？」

「差不多，下午顯得累，連靜坐都不耐煩。」

「那段聘人廣告我看到，何必招聘呢，你要的導遊，我身邊親友弟子多的是，都年輕有禮，長得端正，通英法兩語。」

她微笑，「熟人不可靠，講感情，一下子反臉，我比較相信按時收費的幫手。」

「這不是揶揄我嗎。」

「你不必多心，正因受人錢財，替人消災，凡事都會忍耐點，你說是不是。」

「我還妄想我倆是朋友。」

她不回答。

「那我替你篩選。」

「拜託。」

「華容，告訴我，你為何要勞師動眾。」

「聘請助手也很普遍。」

「請告訴我。」

「你兼任心理醫生嗎。」

「啊，我大學兼修心理學。」

華容笑不可抑，「你大律師讀的是罪犯心理學。」

連七姐都笑出聲。

「可是意圖尋回少年時失散小男朋友。」

華容聲音平靜，「我年輕時沒有男友。」

「此刻的年輕人不知多精明，你或會失望。」

「走着瞧。」

殷律師告辭。

管家拿着一盒點心走近，「讓你帶回家慢慢吃。」

「可有你做的豆酥糖。」

「有，有。」

不到三天，收到一大堆應徵書。

真被律師猜中，大部份不忘問薪酬數目。

助手說：「與那麼漂亮斯文中年女士結伴歐遊，費用已全包，還計較酬勞。」

「告訴他們，頭一星期十萬，接着二十萬，一共三十萬，欠教育署的助學津貼費用可獲解決。」

助手吸氣，「我去！」

「你不夠年輕漂亮。」

首批應徵者一共三十多名，看過照片，沒有一個通過。

消息傳開，第二批青年，有一兩名合適。

殷律師說：「先見這兩個。」

第一個姓伍，英法語非常流利，長得英俊，一雙眼睛彎彎，穿時髦西服，褲管窄得不能再窄，渾身叫人眼前一亮。

殷律師問幾個問題：「為何應徵。」

「好久沒去歐洲，與父親鬧意見，已有整月沒付我零用，還有，好奇。」

「你在大學讀何科。」

「土木工程，暫時休學一年。」

「可持護照？」

「加國護照，對，我將陪何人往英法？」

「正式聘用你時自然會知道。」

第二名姓陸。

比較老實，照片比真人漂亮，因為看不見雜亂牙齒。

他有計劃，這樣說：「住出租船上，沿泰晤士河往北駛，看盡兩岸風光，然後登陸往湖區觀光，再上蘇格蘭。」

有計劃即不夠浪漫。

「為什麼應徵。」

「我猜想東家不想參加刻板旅行團，對鬧市遊客區兜兜轉轉不感興趣，想找特別遊伴。」

說得好，但那麼理智也不夠情調。

「你有什麼優點？」

「我會跳探戈。」

啊，這時，不整齊的牙齒又不是那麼難看。

「你在學校讀什麼？」

「修英國文學碩士，拿到博士，準備教書。」

他有一個問題，「為什麼導遊要長得漂亮。」

殷律師回答：「俊男美女是眼睛糖果，叫人看了歡喜。」

殷律師請他回去等消息。

殷律師有約，與小陸一起乘升降機。

他說：「我有車，殷律師，請問你往哪裏。」

律師笑而不答。

走近露天停車場，只見一個青年背着他們站在一輛吉普車前，他在觀看夕陽，金色陽光在他高大漂亮身形周邊形成一道金光。

殷律師暗暗喝采，不知他長相如何。

小陸喚他：「眉毛，叫你久候。」

眉毛，這麼有趣綽號。

青年轉過身子，果然，殷律師首先看到是兩道不容忽略的劍眉，她忍不住微笑。

小青年朝他們點點頭，到司機位坐好。

小陸說：「我朋友戚家楣今日充當司機，他開得一手好車。」

「你呢。」殷律師好奇。

「啊，我駕駛執照暫被取消。」

殷律師走近。

戚家楣有點不修邊幅，鬍髭長出陰影，白襯衫卡其褲上不經意沾油漆，見中年女士端詳他，略為不好意思，轉側頭，豐滿嘴角帶絲微笑。

他不是最英俊，但他神情可愛。

「你是小陸同學？」

小陸代答：「他讀天文物理，喏，一味研究人類如何移居火星之類。」

虛無縹緲，十分浪漫。

小陸索性揶揄好友：「美太空署模擬火星隔離營，他申請入住一年失敗，頹喪得不得了。」

戚家楣炯炯大眼瞪老友一眼，有種「有這樣朋友誰還需要敵人」之感。

殷律師又笑，把一張名片交給戚家楣，「你有意當遊伴否？」

他還沒有回答，小陸已經笑說：「如往冥王星，他是一流人才。」

戚家楣開動車子，小陸「喂喂喂」跳上車。

年輕真好。

傍晚，七姐問殷律師：「找到人沒有。」

「不是那麼容易。」

「繼續找，不要那種舞男型青年，那一類，本市導遊社有一萬個。」

「不用您老叮囑我也明白。」

「我根本反對此舉，要旅行，不是有我倆陪伴嗎。」

「不一樣，見過那班申請人，我明白箇中道理。」

「她是要尋找逝去的美好時光。」

「也許，只想有人抬得起行李箱。」

「真是，為什麼要用嚕嗦又機心的老漢呢。」

「男子一過四十左右，男性荷爾蒙減少分泌，體內些少雌激素漸漸增生，許多行為似老太太。」

「這是你的心得。」

「我讀過千真萬確的科學報告。」

這時她們聽到輕輕一聲咳嗽。

華容站不遠之處，「閒談莫説人非，背着在講我嗎。」

律師有律師辯才，「不説你説誰。」

「請問找到沒有？」

「我看到一個適合的人，但不在應徵者之內，他叫戚家楣，廿三四歲左右。」

「也許，太年輕了一點。」

「他不愛説話，大大大優點。」

律師出示電話裏偷拍照片。

正是那高大挺拔小男生帶金線邊背影。

「這是他正面，他有個綽號，叫眉毛。」

華容一看，不禁微笑。

律師記得她當時也忍不住莞爾，這小男生不簡單，能叫她們笑。

照説，中年女子已在都會中練得鐵石心腸，幾乎泰山崩於前而色不變，苦頭吃足，喜怒哀樂都密密收心底，凡事壞到最透徹大不了報警，還會笑，真不容易。

「這個眉毛有種憨厚氣質，屬奸狡的商業社會罕見，十分難得。」

「聲線如何。」

「他只『嗯』了一聲，男中音，動聽。」

「人家願意嗎？」

「這是難處，像他那種性格，不似計較金錢。」

七姐閒閒說：「人總得吃飯。」

「我會處理。」

——三年前——

老人已經瘦得皮包骨，皮膚在關節處層層墜下，他不願沐浴，軟弱手臂推開看護。

華容走近，輕輕說：「我來。」

她蹲老人跟前，握着他手，溫柔放臉旁，雪白臉頰與焦黃爪子似手指形成強烈對比。

她也不說什麼，只是柔柔摩挲。

過一會，男護士輕輕抱起老人，走到浴室，把他放進溫水，華容一直在身邊。

老人不願脫下衣裳，看護無奈，華容說：「不怕不怕，我們逐個部份慢慢洗。」

老人這時掩臉哭泣，聲音顫抖，「我怎麼會變成這樣子，我還活着幹什麼。」

華容連忙把他緊緊摟住，「噓，噓，莫讓我傷心。」

老人緩緩平靜。

華容輕輕替他洗臉，老人閉上混濁雙目。

她逐隻手臂幫他潔淨沖洗，嘴角帶笑意，絲毫沒有不耐煩，洗背脊時把白襯衫捲起。

老人顫抖，皮膚異樣地在骨骼上打轉，一摺摺，似縐紗，皮上還有質地像天鵝絨那樣黑斑，越長越密，需十分小心，若果掀起，會流血不止。

終於，完成整個程序，看護扶起，換上乾衣。

老人嗚咽，「怎麼叫你做這種腌臢工夫。」

華容依偎他臉頰，「所以要洗澡呀。」

男護動容，如此體貼，叫人感動。

俗云久病無孝子，老人臥床已有經年，癌細胞漫遊全身，醫院囑回家靜養，「盡量過得舒服」，老人並不戀世，已簽下「一旦昏迷，請勿復甦」一書，但他一直頭腦清醒。

老人的臉，已像骷髏，但是比他年輕許多的妻子卻絲毫不覺醜陋，溫柔侍候，寸步不離。

正當盛年的她一直不外出應酬，有事，只叫相熟殷律師上門商議。

七姐悄悄對律師說：「禪修。」

「難得，每日早起化淡粧，換上便服，着廚子替王先生準備早餐，即便不吃，或只吃一點，也照足醫生吩咐預備。」

「王先生並不是沒有福氣的人。」

「四個兒子已經自美加暫時搬返候命，好幾次，在泳池暢泳，即帶孩子們離去，只在門外張望一下。」

「洋媳婦一日看到看護為老人整理髒物，竟跑進衛生間嘔吐。」

「伊沒想過有一日她也會活到耄耋。」

「王先生其實不過七十八。」

「英雄只怕病來磨。」

被華容聽見，「給你倆一間密室，躲在裏邊專心講閒話可好。」

七姐連忙賠笑閃避。

殷律師說：「文件都做好了，王先生的意思是，趁此刻宣佈，各人有何意見，莫待身後爭執。」

華容這時稍露倦容，「仍然着我未滿五十速速改嫁可是。」

殷律師苦笑。

華容說：「怎麼會一覺睡醒，五十將臨。照說，活到半百也真不簡單，應當歡喜，為何有時覺得長夜漫漫，一夜都難過。可是，一覺睡醒，鬢角白髮，卻已經長滿滿。」

殷律師答：「『君不見高堂明鏡悲白髮，朝如青絲暮成雪』。」

「誰說的話。」

「還有誰，那個李白。」

兩人靜一會，律師說：「你放心，王先生善待你。」

「我沒有焦慮。」

「那就好，畢竟少年夫妻，彼此瞭解，大太太與二太太早已改嫁，文件上沒有她倆名字。」

「你別過早洩露玄機。」

「宣讀文件的不是我，是紐大律師。」

男護喚王太太。

華容忽忽進去，只見老人摔東西。

她微笑問：「怎麼了。」

男護說：「我幫王先生理髮剃鬚——」

「我來，你們都做得不妥當，難怪王先生生氣。」

「是，是。」男護退下。

華容說：「兩邊短點，當中長些，可是照舊。」

「我還有頭髮嗎。」

「每次剪下一大堆。」

「嘿，我那束胎髮還保存着呢，長輩原本用來做毛筆，沒用上，一路帶着走，容，只有你還寫毛筆與鋼筆字。」

「只有我一個空間。」

「你為我隨傳隨到，怎可算閒着。」

「要刮鬍髭了。」

這時看見腳背有血，一驚。

「那男護粗手粗腳，把我腳趾甲掀下。」

「立刻換人。」

「個個都一樣，他們不説我也知道，指甲自動乾脆剝落。」

華容把丈夫雙腳擱膝上細看。

「不要看，不要看，我自己都噁心。」

華容笑着説：「胡説，住嘴。」

只有她有辦法。

一看，足踝皮膚像蛇鱗，一格格脱落，她在傷口貼上膠布，替他抹藥膏。

誰沒有一點病痛，但病入膏肓，又是另外一回事。

每日看到他肉體逐漸腐敗，與靈魂完全脱格，腦子還算清楚，身體卻如科幻電影中見到陽光的吸血殭屍，逐點化灰。

背脊上一塊手掌大皮膚脱落後長不回，長期密封，每週換藥，像半灼熟肉類，淡粉紅，不住滲出血水。

因服大量鴉片劑，他不覺疼痛，還可以下棋聊天，實在苦惱，會似孩子般哭泣。

一次，把幾個混血孫叫來作伴。

洋童哪知禁忌：「爺爺，你快要死了嗎」，「死後去何處」，「很久不見，你越來越老」……

他們的父母連忙拉走。

華容首先笑出聲，王先生也忍不住，夫妻相擁，笑個不停。

「也只有他們會講真話。」

終於，那一天來臨。

不，該日只是宣讀文件。

大家都坐好。

王先生一早坐太師椅上，他穿淡灰紡綢唐裝衫褲，悉心打扮過，盡量剔除衰敗之相，看上去還像活人。

華容坐他身後，一左一右是律師。

兒子媳婦共八人，媳婦們不服安排，不肯坐後排，一對一對按年齡並排坐。

紐律師似戴着面具，一副撲克臉。

四個媳婦一中一洋，一日籍一個是韓人，像聯合國，臉部全經過矯形手術，也像面具。

紐律師說：「一共四兄弟，各得產業50%之25%。」

長子頓時吸一口氣。

「其餘50%，屬我妻華容所有。」

這時全體第二代都發生噪音。

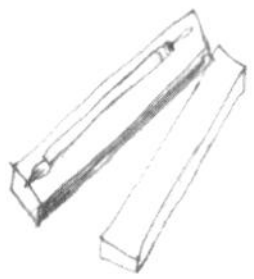

「如有人抗辯文件內容，即當場取銷承繼權。」

「可是——」

「二弟，你可是要抗辯。」

「父親擁有數套極之名貴金幣，以及幾十枚柏德翡麗古董打簧金錶，不宜拆開五份——」

「王先生自有安排。」

「是否拍賣，那多可惜。」

華容一直靜坐，不發一言。

王先生開口：「那麼，安排贈送博物館。」

幾兄弟出不了聲。

老四悻悻，有點「待你身後才打官司」的神情。

紐律師說：「就如此，這幾日便會把各人所得清單分妥，請勿打算訴訟，文件經過數年詳細準備，鐵鑄，無縫可入，各位如照常安份生活，可保終身不失。」

四兄弟臉露不忿之色。

那洋媳婦指着華容說：「我們是骨血，你只是姻親。」

紐律師喝道：「不得無禮！」

她被丈夫拉出書房。

王先生揚揚手，「散了吧，我有點累。」

華容坐得近，已聞到臊臭味，連忙叫看護。

這樣，又捱大半年。

一日，主診醫生喝完百合蓮子湯，輕輕說：「有件事與王太太商量。」

「請說。」

「王先生昨午向我表示，他在世上寄居時限已屆。」

華容吁一口氣。

「長期躺床上，靠藥物儀器維生，非他所欲，他希望終止這種情況。」

人生的磨難，真是數之不盡。

「王先生說，他不是徵求太太的意見，只是知會太太。」

他一向如此獨行獨斷。

「他的兒子知道此事否。」

「王先生說，不用通知他們。」

華容不語。

「至於舉行何種儀式，殷律師有數。」

「什麼時候。」

「他不打算公佈。」

華容意外，「他不想我在身邊。」

「王先生說明朝八時想見你一次。」

「我會準時到醫院。」

七姐在一旁忍不住掩臉哭泣。

華容一夜不寐，坐在露台獨飲。

七姐坐在偏廳織毛衣，她織得好花樣，王家幾個洋孫都穿溫暖牌。

廿多年相處，怎麼會沒有感情。

華容垂頭想起一個故事：有一位專欄作者，說他怕牽絆，故意不養寵物，結果，帶一隻龜回家，心想，龜不能抱又不解人意，且長壽，這次，沒問題了吧。但不知恁地，那隻龜在數年之後，忽然病故，他難過得不得了，原來不知不覺，產生感情，他吃沙律之際，會得把一片菜葉放地下，龜會緩緩爬近吃掉，他想念那點樂趣，哀慟。

天亮。

七姐陪太太出門。

司機已經在門外等。

華容記得初嫁王氏，最窩心是不必再輪候公車，司機隨時接載，身份升格。

還有，早上不用擠牙膏，七姐服侍周到得令她不好意思。

華容忽然這樣說：「七姐，你要是決定離開王宅，我決不虧待你。」

七姐靜靜答：「我去何處，太太要辭退我，也沒有法子。」

「你比我還早來王宅。」

「太太是主，阿七是僕。」

「你升做管家吧，其餘一切照舊。」

「明白。」

初到王宅，華容才廿歲出頭，並無太太名份，一個年輕女子，住進大屋，很多不慣，往往躲在自己的套房連小客廳也不出去，那時，兩對不同生母的男孩異常頑皮，常靠七姐聲控。

王先生已經第二次離婚，感情生活空白，華容叫他溫馨。

五十出頭的他仍然俊朗，事業得意，但有句口頭禪叫「真煩。」

華容一聽這話便笑。

他看着她梔子花一般容顏，「傻笑，笑什麼。」

華容的一舉一動，對他來說，均可愛到不行，儘管外邊不少人肯定華容是九尾狐狸轉生，但在王氏眼中，她是不折不扣傻女孩。

這時車子緩緩停下。

華容有點緊張，「給我一口清水。」

「太太，不如喝杯菊花茶。」

華容喝完茶，深深吸口氣，調整臉部肌肉，露出平靜表情，嘴角微微朝上，下車。

殷紐兩位律師在門口等候。

殷律師握華容的手一下。

華容輕快腳步走入病房。

只見王先生斜坐床上，比起上次見面，又衰退不少，華容佯裝不覺，走近，撫摸他的手。

氧氣罩下王氏呼吸發出嘶嘶聲。

他說：「來了。」

微動雙手，管子發出叮叮響。

「近些。」

華容蹲到病床邊，臉貼近。

他伸手顫抖撫摸妻子臉頰，「花一樣。」

華容輕輕答：「世上哪有四十八歲鮮花。」

王氏這樣說：「我若不是貪圖美色，早該棄世。」

華容笑出聲。

王氏也笑，「笑，就會傻笑。」

他的笑臉，像海盜船旗幟上的骷髏標誌，不是不可怕的。

華容把他的手放到腮邊。

「多承你，陪我月夕共花朝。」

「我願意。」

「你可以走了。」

「我想留下陪你。」

「醫生，送王太太出去。」

醫生走近。

華容親吻王氏臉頰。

王氏說：「還有這邊。」

華容輕輕吻他左頰與額角。

他點點頭，目送妻子離去。

殷律師進病房。

他這樣對律師說：「拜託你，協助王太太尋歡作樂。」

回到車上，華容筋疲力盡，閉目不言。

車子駛回王宅。

她翻閱報紙，忽然盹着。

夢見年輕的自己忽忽忙忙第一天趕到王氏企業大廈上班。交通一貫擠塞，已經九時缺五分。

一輛升降機門打開，她連忙踏進。

接着走進是一名紅衫女子，見到她已在升降機內，倒豎眉毛，低聲吆喝：

「出去！」

什麼？

華容一時不明白，傻笑。

「這不是你的升降機，出去。」

她驀然明白，這是高級職員乘搭專用機，連忙退出，踉蹌碰到一人，糟糕，今早瘟神隨身，錯了一次又一次。

她賠笑鞠躬，「對不起，對不起。」

只聽得紅衫女子說：「王先生早。」

揮手命少女退出。

但那王先生卻問她，「幾樓？」

紅衫女啼笑皆非，「王先生，這部升降機只往總裁室，中途不停站。」

那王先生卻笑說：「到了頂層才轉搭落樓好了，這位小姐，你也是本公司職員吧。」

華容一額汗低頭，「是，是。」

那分多鐘真是難捱。

過幾天，才敢向比較親善的同事提起窘事。

「那紅衫女子不知是誰。」

女同事嘆一聲笑，「那是大班的秘書之一，叫敗紅。」

「啊，不可這樣叫人。」

「你沒吃過她苦，你不知道，一次，發覺有女文員裙子與她一式一樣，即時下通告，叫文員全穿制服上班。」

「制服好呀，省下服裝費。」

女同事瞪眼，「那麼醜！」

華容只是賠笑。

些微辛酸，不算得什麼。

她說：「那位王先生倒是十分友善。」

「嘿，整座大廈的趙錢孫李先生們都傾慕你的美貌，目不轉睛。」

「別取笑我。」

那王先生高大瀟灑，從未見過那麼漂亮的中年男子，低調筆挺深色西服，白襯衫深灰單色領帶，一看便知是高級職員，許是紅衫女的上司。

幸虧他幫她解圍，否則，紅衫女會把她摔出升降機。

啊，這勢利社會，什麼都分階級。

——「太太，太太。」

華容睜開眼睛，發覺身上蓋着毯子，不知睡着多久。

面前是七姐焦急的臉，「太太，殷律師在醫院有電話。」

華容連忙接聽。

殷律師半沙啞聲音：「下午時間兩點三十二分。」

華容答：「明白。」

「王先生一早簽署文件有所安排。」

華容知道此事：不刊訃聞不設儀式，做到最靜。

第二天清早，兒子與媳婦都到齊。

七拼八湊穿着素色衣服。

七姐取出早些時候添置的黑色衣飾分發。

殷律師到場，把寫着時間地址卡紙分給他們。

華容以為他們會有話說，可是沒有。

殷律師說：「節哀順變。」

四兄弟忽然滿臉通紅，落下淚來。

中年的他們一直與老父爭取產業，不料今日老父真正騎鶴西去，那震撼感漸漸上頭，啊，生育他們的人已經不在——悲痛落淚，剎那間，他們回到無助孩童時期。

那日，整家站安息園，華容照王先生意思穿東正教素服，一方黑紗自頂遮至踵。

孫子們躲在紗下捉迷藏。

她一直站着動也不動，天開始下雨，眾人見她不避，也都站着。

孩子們累了，靠着他們的父親大腿站。

殷律師忽然低聲說：「王先生一生，不是不快樂的。」

華容答：「我也這麼想。」

「你也是，華容，沒人會否認你倆真心相愛。」

華容答：「我也這麼想。」

收隊回家。

四兄弟也約莫知道這是最後一次見到王太太。

殷律師說：「有什麼事，與我接頭。」

他們握手道別。

華容對着鏡子一看，啊五官掛下真的像四十八歲了。

以往是撐着不敢老，怕王先生不開心，他一走，她名正言順頹下，法令紋都跑出。

七姐坐到她身邊，「先生叫你好好生活。」

華容覺得有點難度，她根本不知道沒有王先生如何過日子，他是她的太陽。

首先，早上不必那麼早起。

他臥室裏醫療儀器用品全部拆除遷走，房間長窗打開，不放家具。

華容在家，學時髦，穿運動衫褲，不知舒服多少，一向在丈夫面前打扮莊重，今日，可以稍微釋放。

老實説，她不再提心吊膽，夜半怕看護叫她。

但是，時間用來何用。

她重新習泳，跟殷律師學打橋牌，由七姐教搓麻將。

每日抽出下午整理王氏舊衣物送往慈善機關，十多隻大紙箱，衣服考究清晰分春夏秋冬，不比現在年輕男子，西裝外罩泡泡冬衣，穿鞋不着襪，一件帽斗走天涯，全部可塞進背囊。

華容索性把自己衣櫃也清理一下。

有些衣服一次都沒穿過，招牌還掛在領口。

櫃底有一套包得整齊的藍白制服。

七姐問：「這是你的校服？」

華容一看，「啊。」

是她一直收着，在王氏企業工作時穿的文員制服。

其實並不難看，小小白襯衫配深藍領子，同色過膝半身裙。

其他女同事都把裙腳改短些，比較輕俏，華容卻喜歡它長，不會走光。

她足足穿了一年。

還保留着幹什麼，統統送出，一件不留。

紙箱堆滿玄關。

時間多了，又打開所有窗戶，發覺牆上斑駁，最好粉刷一下。

七姐說：「我贊成。」

殷律師也說好。

找來裝修師，他可樂了，這麼大一間屋子，大有發揮之處，他捋起衣袖，預備大展鴻圖。

不料主人家說：「連天花板全髹乳白。」

殷律師說：「最怕稀奇古怪挖空心思新式家具與莫名其妙擺設。」

打開家具目錄，只挑實實在在的柏欖床几。

還有許多細節，都難不倒華容，略略參考，手指一指，便下決定。

殷律師說：「你會是一個果斷的公司總裁。」

華容答：「我最不是完美主義者，自己臉上一搭棕斑，搞了十年還除不脫，磨砂激光齊下，不到一星期又陰魂不息長回來。」

「一搭？請看我這裏那裏，還有整個胸口背脊，不照鏡子，眼不見為淨。」

「老年真討厭。」

「你我還未到老，今時今日不過算中年。」

華容剪短頭髮，改穿長褲外套，中性化，出奇好看。

她沒有真正的年輕過。

不到幾天，王先生便着秘書在人事部把她履歷找出。

「王先生，可是有什麼問題？」

「這裏寫着，她沒有任何親人。」

「她自幼在靈糧護幼院長大。」

「一歲？」

「有人把她放在院門，那天下雨，她不知坐了多久，一動不動。」

「啊。」

「負責人把她領進養大，轉瞬廿年，功課成績不錯，三甲三乙，原本可升大學，但，她決意出來工作，我樂意取錄。」

「此刻住何處？」

「我也問過她，她說，兒童院還願多收留三個月。」

「公司可有宿舍。」

「王先生，房屋津貼只予三級以上職員。」

「替她準備一個小單位。」

「王先生說了是。」

那天他回到家，看到門口停着一輛巴哈馬黃色天外飛行器似跑車，問管家：「誰的車。」

「大官試車。」

「叫他下來。」

披着長髮的大兒王恒急急走出。

他心平氣和對他說：「你是長子，要在眾弟前樹立一個榜樣，這種飛車，非王家所用，王氏實業決不浮誇淺薄，你把車退回。」

王恆低頭，「明白。」

他輕輕說：「真煩。」

彼時的王太太齟齬：「這個不准，那個不准。」

她挽着血紅色鱷魚皮大手袋上街。

真的很煩，夫妻旨意完全不一樣。

不比年輕的華容，她與他之間不存在ＩＯＵ，即他不欠她，她亦不欠他，兩人沒有過去，沒有恩仇。

人事部派人帶華容看小單位。

她只問一句：「大家都有，還是我一個人。」

「只你一人。」

華容即時明白裏頭有機關。

「請華小姐不要張揚。」

「知道。」

大屋很快裝修妥當，七姐在東翼有個獨立單位。另外有門進出，兩房兩廳兩個衛生間，相當舒適。

殷律師調侃，「咦，那我住何處。」

華容索性挽着她手，「我倆婚後同居一室。」

終於又活潑起來。

華容對她說：「不論白天夜晚，都會想起往事。」

「人之常情。」

「我的往事有點複雜。」

「其實不，華容，每個人都有故事，像我，七歲便以難民身份抵達本市，在毫無協助之下同時學習粵語及英語，父母只比文盲略好，小學文憑都欠奉，我也有故事。」

「是，是。」

「千萬不可自憐，據我所知，本市兩屆律政司長，均在公共屋邨出身。」

「明白。」

殷律師笑，「其實我極少訓話。」

「聽你一席話，勝讀十年書。」

「你想起什麼？」

「時間歲月都有點混淆，每早驟醒，還以為置身當年王先生替我準備的小公寓，只得一套制服，週末洗淨週一再穿。」

「都過去了。」

華容不出聲。

「我推薦你參加一個讀書會消磨時間。」

「殷師，你的程度我夠不上。」

「別氣餒，坐着聽其他會員說三道四，一味批評已成名寫作人，也是奇趣。」

華容駭笑。

「這是時間地點，你試一試，茶點精美，不過是一個茶會。」

「去看看也好，多用耳朵雙眼，不開口。」

「這就是了。」

華容去過一次。

全體悠閒的太太小姐，即是不用工作財來自有方的女性，衣着極有品味，口角優雅，父兄叔伯丈夫都是社會知名人士。

華容驀然發覺，她也是其中一名。

不是讀書會嗎。

只有一兩次提到書本，有人說：「我想來想去，怎麼會有人看得完戰爭與和平。」

「嘿，施大小姐會用法文讀雨果小說。」

「廿一世紀有何書可讀。」

「美國前總統幾本傳記有秘聞……」

話題隨即轉變：「方氏伉儷十八年關係終告結束，可惜，一直是模範夫妻。」

華容沒有再去這個讀書會。

她問殷律師說：「有無程度淺一點的去處。」

「你讀故事給孩子們聽好不好。」

她派華容到兒童醫院腫瘤科。

華容這才發覺兒童故事尚停留在臥冰求鯉及孔融讓梨階段。

她躊躇，可否講如何應付現實世界裏醜陋一面，這時，《心靈雞湯》可派到用場？

「說些王子公主故事。」

「迪士尼公司逐一為公主們平反，她們此刻都靠自身，王子不屑一提。」

「有這種事！」

終於，華容找到科學小趣味掌故，並且帶着豐富道具，她有的是資本，連會得運轉的八大行星儀都辦得到。

不過，幼兒患癌，叫她氣餒。

殷律師問：「你其實最想做什麼？」

「我很滿足現狀。」

「不要怕，講出來。」

「你不是心理醫生。」

「心理醫生也不過讓你躺着說心事。」

「老年人都有幾個年輕時想做而沒有時間本錢做的事叫Bucket list，似登上珠峰，或吃遍中國之類。」

「你的是什麼？」

華容微笑，不作答。

「講呀，四十八歲不算太晚。」

「遲了一點。」

「人沒有最老，只會更老，再蹉跎就來不及。」

華容緩緩說：「我希望與一個年輕人結伴遊英法。」

殷律師沒聽懂。

「你好像已去過英法百多次。」

「不，不是那樣，是嘻嘻哈哈不知明日住何間酒店也許是火車站度宿，步行遊遍名勝美術館葡萄園那種。」

殷師一怔，「華容，你已經吃不消。」

「那麼，由年輕人導遊，去他們去的地方。我並沒有真正年輕過。」

「華容，青春已過不可挽回，千萬不可虛無縹緲追憶逝去時光。」

華容固執，「我現在有錢，有時間，我可以這麼做。」

「什麼樣年輕人？」

——才有今日，應徵遊伴的啟事。

殷師對牢七姐訴苦，「什麼樣的年輕人，她一點感念也無。」

「會否像她少年時小男友。」

「她第一個男朋友便是王先生。」

「她能形容嗎。」

「高大、健康、會笑的眼睛，帶小鬍髭，會叫她笑，零零碎碎，忽然靈機一觸，又添多幾樣：不穿花衫，牙齒整齊，到第二天，又說：要知道宋徽宗並不姓宋……」

七姐啼笑皆非。

殷律師有辦法，找到警方常用的繪畫疑犯圖樣專家，照華容意思，畫一個樣子。

時有修改之處，畫了好幾天，總算完工，一看，連專家都笑。

哪裏像真人，簡直是東洋漫畫裏的男主角。

殷師取笑她，「行，我拿圖像到大學四處張貼。」

華容一怔，「為什麼大學？」

殷師想一想，「你形容那種氣質，彷彿只有學府才有，一旦涉世工作，三兩年就蕩然無存。」

殷師不忘那個叫眉毛的年輕人。

到天文物理系打聽。

「是有該名學生，戚家楣出差到內蒙參與設計新電子天文望遠鏡，下星期才回來。」

助手幾乎想打聽此君可有親密女友。

「名字很好聽，他是戚家的門楣，家長對他有期望。」

「我老覺這件事兀突。」

「是有點任性。」

七姐說：「也得隨她去，幫助消磨過剩光陰。」

「幾時消磨到六十八，去日苦多。」

「不得悲觀，先替她找到這名遊伴。」

順便打聽這眉毛的底細。

殷師聯絡到小陸，他很雀躍，「我中選了嗎。」

「你且來本公司做些文書工作，按時付費。」

他失望，「啊。」

跟着助手在收發部忙了幾個下午。

「網上找不到你朋友戚家楣下落。」

「他？他是怪人，怎麼都不願把名字放上，他連手機與信用卡也無，讀的是頂尖科學，生活如穴居人。」

奇怪，華容也無手提電話。

「他總得用電腦做研究與記錄功課吧。」

「那自然，他的報告在學科網頁名下，除出他的教授，無人能懂，什麼X一三六號小行星在某段時限內移近英仙座，故此宇宙——」

「你與他如何認識？」

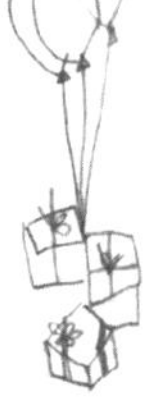

「遠方親戚兼校友，她的表姑婆是我表姨婆。」

殷師開懷笑，年輕人有他們優點。

「眉毛回轉，大家吃頓飯。」

小陸大膽發問：「你對他有興趣。」

「不，不是我。」

糟，答錯。

果然，被小陸抓住小辮子。「誰？」

殷師索性直言：「我的一個當事人。」

「啊，猜想她是女性，什麼年紀，為何我得不到面試，眉毛生性孤僻，才沒有我熱情，殷律師，你別錯過我這個人才。」

殷師被他逗得咧開嘴。

「我急等外快付下學期費用，至於眉毛，他的獎學金多得數不清，美太空署已為他預留職位，他嫌每組數百人一齊工作，不願簽合約，而且，進太空署必要入美籍，他又不肯，此人如此疙瘩，豈會是好遊伴。」

「你怎麼一味踩老友。」

「哼。」

這傢伙迅速與年輕女助手熟稔，兩人形影不離，看樣子已不大在乎是否能當陌生女子遊伴。

戚家楣終於回轉本市。

他忙得無暇應酬，一連推幾次。

終於赴約，兩個年輕人在餐廳坐下，異口同聲說：「可否點龍蝦與腰眼牛肉」，好似很久沒吃好菜，殷師與助手只要沙律。

眉毛比上次見更加俊朗，他那種毫不做作自然舉止討人歡喜。頭髮剪平頭，曬得黑黑，一點不計較環境，他的世界是追溯宇宙起源，天文物理，現實社會裏他是愉快客人。

戚小生與華容有相似之處，他倆略與現實脫節，故此脫俗。

本來今晚約好華容在附近另外一張桌子觀察，她臨時有事，來不了，「什麼事？」「兒童醫院有個孩子想見我。」

她有異於常人的價值觀，殷師只得邀七姐做替身。

殷師把那則小啟事給眉毛看。

他停止嘴嚼，這樣說：「阿陸這份兼職適合你。」

殷師問：「你呢。」

戚家楣答：「我從未去過巴黎，只往牛津開過兩次會。」

小陸也說：「其實春季不是往歐洲好時節，陰冷得很。」

「春假你有空否。」

「什麼酬勞？」

沒想到眉毛也會提到這種數目字。

小陸也問：「叫什麼甜品？」

「奶油薑汁布甸。」

殷師說：「你別打岔，薪優，兩週共三十萬。」

眉毛說：「我最近聽說兒童醫院街症孩子來往門診相當辛苦，想替他們備兩部專車，這樣吧，五十萬應該夠用。」

殷師瞠目，他還懂討價還價，不容小覷。

接着，濃眉角一揚，「——這件事，不含情色成份吧。」

他也會疑心。

小陸先笑得噴飯。

小陸恐嚇他：「你以為呢，眉毛，光是逛歐洲可賺半百萬？」

七姐坐在另一張桌子聽見忍不住笑。

吃飽，眉毛立刻要回轉實驗室。

小陸不介意留下喝咖啡。

殷師閒閒問：「畢業有何打算。」

「科系越發冷門，分工甚細，很難找工作。」

「如何置業成家？」

「娶有妝奩的小姐。」

女助手驚駭，「我可沒嫁妝，我還未還清欠教育署的學費貸款，要吃西北風。」

「殷師，還有什麼地方可賺外快。」

「年輕人不可畏懼艱難，有志者事竟成。」

在門外與七姐匯合。

「看中哪一名？」

「你說呢。」

「眉毛似兩把劍那個。」

「正是，我覺得他可愛、誠實、純真。」

「殷律師的法眼相人，不會有錯。」

「可能稚氣了一點。」

「男子接近三十會得油條。」

「女子何嘗不是。」

「太太就不會。」

「華容是個奇蹟。」

奇蹟那時在醫院陪伴小病人。

七歲大孩子要進手術室切除患癌右眼球，害怕之極，不停哭泣。

父母已經離異，垂頭喪氣站一邊，不發一言。

小孩平時喜聽華容說故事，醫生破格請華容幫忙安慰。

華容緊緊把孩子擁懷內，「噓，噓，不哭，不哭。」

小孩抽噎，「我怕有人笑我獨眼龍。」

華容想都不想，「誰敢！我把他的嘴巴刮出來。」

四周大人料不到斯文秀麗女士會許下如此暴戾諾言，均大吃一驚。

孩子卻覺中聽，漸漸靜下。

看護替她注射，送入手術室。

那對夫婦哀哀痛哭，「怎麼辦，只剩一隻眼睛的孩子怎麼辦。」

院方的心理輔導員好言相勸。

華容忍無可忍，提高聲音，「你倆恐懼如世界末日，孩子怎麼想？提起勇氣，怎麼辦？盡量好好生活！」

輔導員連忙點頭。

「如果不要這個孩子，交出領養，不准哭哭啼啼。」

「你是誰，這麼兇狠。」

「我是一個看不過眼自怨自艾自憐自苦的街外人。」

輔導員前來輔導華容，「王太太，你且坐下。」

這時七姐趕到，把她拉到一旁，遞咖啡給她。

華容靜下。

那對年輕夫婦輕輕走近，「這位女士，你說得對。」

「不，不。」華容道歉，「我太魯莽。」

「你的話如當頭棒喝。」

華容微微點頭，「既成事實，克服將來是首要。」

「明白了。」

這時醫院的總務主管出來，「王太太聽說你在這裏，我正好有事與你商量。」

「請說。」

「王太太，我們街症部需要兩部服務車接載病童，連司機及維修保養，十年間經費約莫五十萬左右，我們想找十名善長仁翁贊助，你意下如何。」

七姐一怔，這麼巧，那戚家楣也曾提及此事。

只聽得華容輕輕答：「我願意出一分力，明日我會讓殷律師派人到你辦公室。」

「王太太，太好了，請問你出幾份？」

「啊，全部，兩架車連司機月薪及維修，永久負責。」

「王太太！」總管站立鞠躬。

「快別這樣。」

回家途中，七姐忍不住把戚家楣建議告訴華容。

華容微笑，「這小青年有趣。」

「我覺得你可以見一見他，你需要這樣一名助手。」

華容答：「太空署也這麼想。」

七姐疑心，「研究這顆星那顆星，對我們世界與社會有何益處。」

華容答：「我文化水準不高，我怎麼知道。」

「我閱報，今年大學取錄最年長的學生是一位六十五歲祖母。」

「最年幼呢。」

「十四歲天才兒，估計他十七歲可以畢業。」

「各人頭上一爿天。」

第二天一早，華容探訪病童。

「甦醒沒有。」

「父母正在房內安撫。」

「還哭鬧嗎。」

「好多了，帶來七彩氣球鮮花玩具。」

「我也有小小禮物。」

華容帶着各種恐龍玩偶及講解書本。

看護先這樣説：「王太太，善有善報。」

「你們才是天使化身。」

互相抬捧，幸虧都為着孩童福利。

孩子緊緊抱住華容。

醫生問：「最喜歡何種恐龍？」

華容答：「翼龍。」

孩子答：「暴龍。」

他的年輕父母說：「噫，我們真要讀一讀恐龍傳奇。」

七姐這時送來蛋糕果子。

華容鬆口氣。

殷律師迅速辦妥捐贈一事。

「華女士，小數怕長計，其實這不是一筆小數目，以後，凡有善舉，先與我商量一下。」

「明白。」

殷師約戚家楣見面，把收據及文件傳給他看。

他在電話中說：「太高興了。」

「王太太想見你。」

「殷師，我不行——」

「你又要出差？」

「我昨晨在實驗室摔一跤，右足踝軟骨撕裂，我舉步艱難，要打石膏。」

殷師傻了眼。

「我一定要看個究竟。」她不相信是事實。

「歡迎，我住大學路明德樓——」

殷師找到七姐，一起趕往視察。

戚家楣跳着開門。

情況比想像中壞，整條右腿是石膏，他穿着特製塑膠保護靴。

七姐頓足，母性發作，連忙叫他坐下。

環顧宿舍，除出書與紙，空無一物。

廚房只得幾隻罐頭湯。

「這樣也能過活？」

「所有學生均如此生活。」

「我找人來幫你。」

「不用，若你做一鍋菜，起碼十多人聞風而來。」

「那天天做好了。」

「首先，代表複診病童多謝王太太。」

殷師這時忽然做了一件奇怪的事，她伸手揉戚家楣蓬鬆鬈髮，「醫生怎麼說。」

戚家楣沒有反感，她自己先怔住，她一向沒有動手動腳壞習慣，這次是怎麼了，連忙訕訕退後一步。

「醫生說，春假正好修養生息，靜待復元，急不得。」

「那你伴遊一事呢。」

「只得推往暑假，不，暑假我還要到內蒙。」

七姐生氣，拍打他肩膀，「臭小子，酬勞已收訖，你恁地疲懶。」

她也動手。

戚家楣雪雪呼痛，「這是天意，不由我控制。」

這時門外有女同學送餐飲來，看到叱責，「你們是誰，為何責打眉毛，他還不夠痛苦嗎。」

兩個女同學，算不上漂亮，廿年一過，大抵是普通三子之母，但此刻，那股年青朝氣，衝人而來，紅粉緋緋臉頰，叫中年女士都心軟。

七姐對小戚說：「我們再聯絡。」

戚家楣還有禮地撐着拐杖送她們到門口，校園櫻花吹落他一肩，像幅風景。

殷師看得怔住，她驀然想起韋莊的詞：「春日遊，杏花吹滿頭，陌上誰家年少足風流……」

呵，她人老心未老，一雙耳朵陡然漲紅。

年輕之際做過些什麼？拚命讀分數，寫報告，爭名次，發誓求出人頭地，找工作，博升級……

流年暗度，忽爾中年。

這一刻，她完全明白，華容為何要尋覓年輕遊伴。

回到王宅，見華容在試香檳。

酒莊員工是一英俊男子，小心翼翼侍候。

茶几上擺出一排各式薄胎香檳玻璃杯子。

華容拿着其中一杯站露台慢慢品嘗，苗條背影，充滿寂寥。

半晌她轉過頭，「這一款好，你們一共進了幾箱。」

「才得八箱，王太太。」

「我要七箱，留一箱給別的劉伶，殷師，你取一箱吧。」

年輕男子唯唯諾諾離去。

「那混血兒倒也及格。」

「人家許有企圖、目的、奢望。」

「戚家楣就沒有嗎。」

「也有，兩輛接送病童車子，願望十分偉大。」

「他真正跌斷了腳。」

「也算是王氏員工，派人照顧他。」

「我們帶幾味炒菜探訪，你也一起。」

「我？」

「不是算王氏員工嗎，也許，可當他是另一病童。」

華容惆悵，「歐遊要推到幾時？」

「年紀輕輕，一下子就痊癒，打球爬山，都難不倒他。」

七姐大獻身手，在廚房做豬肉燜竹筍，手續繁複，在女傭幫忙下忙得津津有味。

與當事人通電話：「希望有菜飯，好好好。」

女傭問：「沒湯成嗎，做個雞湯。」

華容搖頭，「一個人怎麼吃得完。」

「可以請別的同學。」

華容跟着趁熱鬧。

不料小小宿舍房間擠滿年輕人，菜盒一打開，大家伸高雙臂朝七姐拜膜，一個男高音忽然唱起韓德爾名曲彌賽亞的合唱「哈利路亞，哈利路亞，哈——利——路——亞——」

華容站在最後，見到如此陣容，忍不住開懷大聲笑。驀然發覺，噫，這樣做，失態，急急用手掩住嘴，只見殷師與七姐也咧開嘴呵呵呵。

唱完歌那十多人一擁而上，搶着吃。

他們預知有人送飯菜，自備紙杯碟，坐在地上，大快朵頤。

這時華容看到一個年輕人用拐杖撐着走到她身邊坐下，「王太太，我們終於見面了。」

華容眼前一亮，這年輕人與其他年輕人一般衣衫襤褸，頭髮凌亂，但眼神朝氣炯亮，雖然受傷，但仍然笑臉迎人。

「王太太，我代表病童謝謝你的捐贈。」

諸同學也敲打桌子：「聽！聽！」

這班少年，想必是合作已成習慣，異口同聲表演出色。

七姐說：「這麼好玩，我天天來。」

十五分鐘，菜盒全空，他們道謝散去。

臨走有女同學擁抱戚家楣，「生日快樂。」

殷師一怔，「眉毛今日你生日。」

「是呀，多湊巧。」

殷師問：「廿二？」

「廿三。」他回答。

他站起想做茶。

七姐已打開暖壺斟出菊花茶給各人。

戚家楣靦腆，「是來看我幾時可以走路吧。」

殷師答：「是探訪你叫你好好休息。」

「我還得天天做報告。」

「內蒙那座天文望遠鏡在何處建造。」

「我覺得新疆泰拉麥卡沙漠乾燥天清更加適合，但大會最終選擇內蒙賀蘭山。」

殷師說：「都近古時絲路，不算太過偏僻。」

戚家楣只是笑。

大家也跟着笑，他能感染人。

七姐問：「爸媽不牽掛你？」

「家母有西班牙血統，十分開明，一直說世上過半探險家有西裔血液，像偉大的哥倫布。」

殷師想說：是，還有把南美印卡人滅族，搶劫黃金的征戰軍。

「他們不住本市吧。」

「她在加國麥基爾大學教俄國歷史。」

又是一個小型聯合國。

沒想到在宿舍內說得津津有味。

「可有興趣參觀實驗室。」

「改天吧，待拆掉石膏再說。」

他在一堆衣服裏挑一件外套選上，雙手意圖撫平皺紋，華容又忍不住笑。

走過那排櫻樹，花瓣已落得七七八八，高大的他體貼叫中年女士們小心路滑。

在停車場揮手道別，又有漂亮少女同學走近抱住他腰身。

七姐說：「真可愛。」

「人家好福氣，生到這樣兒子。」

華容不出聲。

「下次只做一鍋菜。」

「紅燒獅子頭，我預定四隻。」

「不如做葡國雞。」

華容的思潮飛回老遠。

「在想什麼？」

華容答：「我年輕之際，也算標致少女，卻從來不曾結識那樣俊朗少年。」

殷師也忍不住說：「我做學生時，只遇到毛手毛腳禿頭老講師，以及意圖不良專門想灌酒的男同學。」

七姐吃驚，「那是什麼大學！」

華容問：「社會風氣可有進展，民智可有開竅。」

「已經比較包容，承認女權，但說真，女友帶孩子到名牌小學面試，有種感覺，校方還是希望母親們留家幫助教導孩子功課。」

華容詫異，「啊。」

「據我所知，王家那恒、咸、頤、晉四兄弟，均自幼在英寄宿。」

華容問：「他們可有怨言。」

「我不知道，但一直覺得零用不夠。」

「那真是人生最美好日子。」

「他們也那樣說。」

「關於他們四兄弟，最近有點意見。」

「請說。」

「公司有盈利，他們的意思是，王太太不上班，似乎不應分大份。」

華容微笑，「王先生怎麼說。」

「王先生說，按股份分錢，他們若有抗辯，會失去所有，不過，法律不外人情。」

七姐問：「王太太佔多少。」

「百分之五十，即隨時可把他們幾個攆出公司。」

「王太太不會那麼做。」

「你呢，」華容問：「殷師，你怎麼說。」

「撥出部份當新年禮物。」

「你看着辦。」

「最近，老三與老四的母親又離了婚，經濟拮据。」

七姐答：「那與我們有什麼關係。」

「未經知會，找上門來，坐着不走，我只得與她講幾句。」

華容惻然，「將來，我也會落得那樣，殷師你得有心理準備。」

「胡說。」

「離婚時不是拿了一大筆走嗎？」

「那已是多年之前的事，如今又有燃眉之急。」

華容問：「妳如何打發她。」

「官腔：我只不過是事務律師，叫她找紐律師。」

「紐律師又怎麼說。」

「他不認識她。」

「可有找王頤和王晉。」

「媳婦們推說他倆不在本市。」

「那是什麼意思。」

「那是指，賭場無父子，各人自掃門前雪，不過華容，你要當心，她會來找你。」

「我？」

「你會詫異，為着一個錢字，一個人皮有多厚，能走多遠。」

華容掩住胸口。

「讓我提醒你，」殷師說：「你的所有，都是以有限青春辛勞換回，私人財產，如何處理，純屬你個人私事，你若缺乏憐憫之心，是因為別人也不會同情你。」

華容沉默。

「別擔心，你不如詳細列出，英法假期，每天每小時，預備如何度過。」

真話，像磚頭一塊塊擲上，扔不中也害怕。

殷律師句句屬實，不外因為她按時收費，她不是什麼朋友，她是公正律師。

不到三日，頭位王太太終於不出所料找上門。

華容正自外回轉，看到七姐站門口與一個穿得七彩披披掛掛女子說話。

她也夠機靈，立刻叫司機把車子掉頭。

那女子聽到引擎聲，轉身。

距離那麼遠，華容都為她的臉容吃驚。

——長方臉，比皮膚淺兩個號的厚厚粉底遮不住無處不在的皺紋，深黑眼圈有點糊，兩隻眼睛一高一低，戴着未經梳理的假髮，背脊佝僂。

根本不像一個找上門的女人。

那應該是嬌艷、悍強、一身橫肉的中年女子，撐着腰，伸長手臂，逼尖聲音，罵通三條街，上門挑釁之女不應既老又枯。

華容輕聲問司機：「你可見過該女子。」

司機答：「忠伯也許知道。」

他把電話拍攝的照片傳給忠伯，答案很快傳到，「是頤官的母親。」

正如殷師所料，殷師堪稱半仙。

司機又致電七姐：「門外女子走了沒有？」

「我叫車給她打發走。」

「太太可以回來了嗎？」

「我在門口等太太。」

車子回轉。

七姐說：「她還帶着舊時門匙，可是大門早已換上密碼電子鎖。」

「她要什麼？」

「說是要看孫子，明知他們不住這裏。」

「啊。」

「又說要見一見太太。」

「你怎麼回答。」

「我說這裏主人是華小姐。」

「門窗看嚴些。」

「她要求給錢。」

華容平靜地問：「給多少，多久給一次？」

「明白。」

真叫人心寒，假如這間屋子的牆會說話，它會輕輕告訴華容：小心！他朝汝體也相同。

殷律師這樣說：「不可讓她進門，否則，她會擱起腿與你話當年。」

「我們幾時變得一點同情心也無。」

「這與憐憫心無關，這是生存之道，一個孤女，又孀居，總得保護自身。」

「你會照顧我否。」

「我是你受薪員工，你找七姐吧。」

誰料七姐答：「殷師真好介紹，我只是傭工。」

見她倆坦白爽快推辭，華容不禁哈哈笑，「那我只得爭氣小心靠自身了。」

「根本就是！」

華容打開冰鎮香檳瓶子，大家喝。

門鈴響，華容警惕，誰。

忽然之間，失卻安全感。

女傭報告：「安全熒屏上是一個漂亮年輕男子。」呼呼笑。

七姐瞪他一眼，親自看過，噫，是戚家楣，連忙請進。

「這麼快拆掉石膏？」

「已經兩個星期。」

華容迎出，看到他頭髮鬍髭均打理過，換上整齊西服，笑嘻嘻，精神爽利。

「都痊癒了嗎？」

「過些時，也許關節會痠痛。」故意避開「老」字，他還手持小小花束，一看就知道採自校園，七姐接過，一本正經插到水晶玻璃瓶子內。

「留下吃午飯吧。」

「求之不得。」

一是一，二是二，實話實說，不轉彎，不兜圈。

站直了，華容發覺身量不算矮小的她只到肩膀。

他給她看兒童醫院新置車輛照片，原來是平治九人豪華旅行車。

「我擔任每週一次志工司機。」

殷師稱好。

華容坐後一點，太過接近陽光怕會炙熱，他的眉睫眼睛高鼻都似上主精心創作，真不明白怎麼會那樣好看。

她所不知的是，年輕人也在思量：王太太華女士聽說已近半百，為何皮膚細緻白皙，身段曼妙，一絲不見老態，是因為素臉素服不打扮的原因？

女長輩總不明白越粧越老的現象。

他最喜歡她不多話，如果殷律師與七姐兩個發言人不在她身邊，一定靜默。

他取出文件，「時間表我都準備好了。」

原來是他準備的旅遊時間表。

終於要出發了。

華容與殷律師接過一看，「我也去」，殷律師說。

倫敦七日，七時出門，往各博物美術館門外排隊入內。中午，往周邊名勝觀光，有一日特地往湖區看水仙，另一日到威爾斯及蘇格蘭，紅字標誌：勿忘莎翁、迪更斯，以及梵高故居，深夜蘇豪紅燈區觀光！

「什麼，」七姐笑問：「不設購物團？」

那些去處，其實華容統統去過。

「包車還是搭乘火車？」

眉毛答：「騎自行車可以嗎？」

殷師驚答：「不不不，不乘經濟客位，不作步行，不搭順風車。」

「那怎麼好叫旅行。」

七姐駭笑，「不可行，不可行。」

「去到巴黎又如何。」

「每朝七時出門風雨不改到羅浮宮門外排隊？」

「正是！」

華容把行程表留下細看，到底是讀科學的人，連住所、食物都細細列出，還能騰出一個下午，到藍帶烹飪會學做各種雞蛋食品。

這正是華容要的年輕旅遊團。

每次與王先生出遊，帶着僕人，頭等艙加私人小型飛機，離地萬丈，處處最佳五星旅店四星飯館，他睡到十一時多，聽完公事電話梳洗出門已經下午兩時，已過午飯時間，四處人山人海，他不感興趣，上樓休息。

華容只得在市區內逛名店，名店貨物與家鄉那些一模一樣，在倫敦打探一家叫比芭的裝飾藝術建築百貨公司，導遊笑答：「早已關門十多年。」

王先生也知委屈她，到珠寶店替她選鑽飾，輪到她不起勁。

事後對殷師說：「世上佩戴大量寶石而好看的人，只有英女皇伊利沙伯二世。」

這次，一定要細細把雙城徹底看遍。

紅燈區！多麼刺激。

戚家楣說：「記住，我沒有去過那些地方，很可能你成我的導遊。」

他有一本破舊手寫旅遊指南，由師兄傳下，他把要點逐一轉載到平板電腦，一方面七姐替華容準備三部電話，「不准賴丟失或是沒電。」

華容收拾若干卡其褲與白襯衫，不知怎地，七姐心血來潮，塞一件棉袍子進行李。

那天早上，她送太太出門。

「真的乘搭經濟艙？大哭小號，你會後悔，說不定有人毆打服務員。」

「試試。」

七姐嘀咕：「十多小時航程，有得你受。」

殷師說：「我與那眉毛訂好一張合約，說明他負責擯與抬。」

華容駭笑。

這時電話響，「誰，王頤，什麼事，太太正往飛機場赴英。」

「我到貴賓廳與她會合說幾句話。」

「回來講不行嗎？」

「我想說，打擾她了。」

「不管你的事，不過，避不見她，說不過去。」

都知道說的是誰，又屬何事。

「殷律師你替我打個招呼。」

華容在一旁說：「明白，回來再聯絡。」

殷律師叮嚀：「此去自己當心。」

華容調侃她，「風蕭蕭兮易水寒。」

看到眉毛迎上，「各位早。」

「為什麼訂清早班次。」

「便宜些。」

「誰叫你省錢。」

他只笑不答，排隊買三文治。

華容找錢包，殷師說：「我已付他零用。」

他穿一件深藍舊Pea coat，袖口磨損，肩膀被蟲蛀，仍然出奇好看，不減英偉。

揹一隻牛皮大書包，家當都在裏邊了，一看時間已到，一手拉起華容便往登機室走。

殷師在後邊說：「吃不消馬上回轉。」

華容與眉毛都一起笑。

他們擠進飛機艙狹窄三位座椅，有少年比他們早到，坐近走廊，他輕輕要求：「先生、太太，我往倫敦讀書，第一次乘長途，想近窗看日出，可否讓我——」

兩人異口同聲，「當然可以。」

華容坐中間，老實說，立刻有點後悔，前排有兩幼兒四隻亮晶晶大眼看牢她，推撞椅背，她雙腿不大伸得直。

高大的戚家楣把腿擱到走廊。

以下，是華容的旅遊日誌。

第一天：往倫敦

真夠新奇，原來，我並沒有光顧過經濟艙。

確是另外一個環境，好不熱鬧，隔壁一家四口，打紙麻將牌，興高采烈用普通話議論紛紛，前座兩童用電筒照射眉毛面孔，他索性拉下絨線帽，頑童不忿，竟伸手扯脫他帽子，被我一手抓住他手臂，他才縮回，他父母正為小事爭吵，渾然不覺。

少年欣賞完雲層與陽光，打算聊天，我連忙裝睡，他也渴睡，頭顱漸漸靠往我肩，沒想到眉毛也打盹，兩個俊男夾着我睡，始料未及。

戚家楣濃眉長睫，近看更漂亮，他上身略略彎曲，似睡得頗舒服。

我不行了，飛機到達日本上空，已經腰痠，想起身走走。

走廊被頑童們佔據奔跑追逐，服務員勸阻無效，不知坐在什麼地方的嬰兒忽然痛哭，聲音宏亮，真奇怪，只有幼嬰與梵啞鈴，體積小小，聲線可傳至一公里外。

簡直似置身大雜院。

這時，服務員悄悄走近，給我一杯熱檸檬茶，聲線極低，「王太太，殷律師叮囑，可要調往頭等艙，午餐是雲吞湯與雞柳飯。」

噯，這般師真神通廣大。

我略為轉動腿部，「不，謝謝，我朋友在這裏。」

「朋友也可以一起。」

戚家楣醒轉，「你不舒服你去，我還好。」

我向服務員搖搖頭。

眉毛問：「我們又吃什麼？」

服務員微笑，「雞蛋三文治，果汁，啤酒另計。」

連我都笑出聲，這樣開心，夫復何求。

三文治約七日前做好雪藏，我見留學生不飽，把自己那份也給他。

少年不住道謝，「姐姐，」他改了稱呼，「你對我真好。」

「爸媽不日會來看你。」

「我想不，我家境並非那麼好，這幾年怕要寂寞。」

我想說，很快會忘記父母，與女友共創新世界，不過，這種話，不說的好。

我與眉毛終於站立活動，一雙腿好像不屬於自己。

服務員忽然替我送一碗雲吞麵上來。

我再也沒勇氣推辭。

眉毛問：「我的呢？」

「殷律師知道你會問，吩咐這麼答：『眉毛沒有，眉毛活該。』」

戚家楣怪叫：「殷師在何處遙控？」

我掩嘴笑，這當然是殷師的錦囊，到了時候逐一拆開。

我閉上雙眼休息，機艙一直沒靜下來，頂燈亮了又熄，熄了又亮，孩子們吵鬧，大人吆喝，取頂艙行李，要茶要水，抱怨服務差，真像兒童院的大睡房：八張床，總有哭泣，總有人輾轉反側，那樣的日子也捱過去，久違了，我終於進入夢鄉，看到七姐問：「這是為着什麼呢，你追溯故夢，要的是溫存，不是辛酸。」

這時聽見留學少年歡呼：「真奇怪，明明在法國上空天清氣朗，一過英法海峽，立刻霧雲重重。」

到了。

我四肢酸倦，唉。

第二天，英國倫敦。

恆久，永遠不變的灰紫色天空。

我深深呼吸一下。

眉毛拎起行李，揹一件拖一件，一隻手拉着我不放，感覺良好。

終於也有小男朋友了。

一次，也是在倫敦，紅燈，坐在車內，看到隔壁停着一輛機車，年輕男子駕駛，他女友坐後座，雙臂緊緊摟住他腰，額角在他肩膀摩挲，男歡女愛，纏綿之意攝人。我貪婪觀賞，王先生問：「看什麼」，我連忙低頭，面紅耳赤，像不忠不貞，說不出話。

就是嚮往這一點溫存。

來不及了，只得付出若干酬勞。

我倆掙扎登上大公路旅遊車，顛沛流離也是趣味。

停站上衛生間，他在附近水果檔等我，上車，剝橘子給我吃。

他給我一隻銅哨子，「有什麼事，大力吹響。」

「我以為你還會給一把史密威信防身。」

我大膽輕撫他臉頰。

在這裏，沒有人關心我是否比他大二十歲，以前，也無人留意我是否比王先生小廿歲，我一向比較喜歡外國「不論斷審判人」氣氛。

車子到站，取過行李，眉毛安排我入住唐人街小旅館，我吃驚。

「不會有蝨子，不要怕。」

「你呢。」

「我住青年宿舍，隔一條街。」

「為什麼不一起。」

問出口才知魯莽，這些年，我躲在一間大屋內，不見生人不見天日，已經忘記日常應對，可恥地天真。

他低頭看我，「王太太，你不是一個不吸引的女子呵，住遠些好，免得一時衝動敲你房門問你要不要喝咖啡。」

我連忙訕訕看別處。

許久沒有如此感覺，我嘲笑自己：噫，可憐心未老。

廿多歲時，以為女子過四十，一定心如槁灰，見到阿姨輩還搽口紅，深覺奇怪，也許是為着禮貌吧，今日我知道了。

眉毛說：「你老是低頭想心事。」

他帶我到公園附近餐車買炸魚薯條，坐石櫈上吃，順便看小販古董攤檔。

開頭覺得油膩，吃不下，咬一口，又覺香甜，可見真是餓了，不慣沒餐桌，食物屑掉一身，我把頭靠到他肩。

下微雨，奇冷，這是什麼春季，我們到大英博物館前排隊，小販兜售雨傘，我買一把，眉毛替我撐着傘，兩人擠緊緊，可以聞到他身上氣息，他與我前後都有三兩天沒有沐浴，居然安之若素。

雨下得急了，二名色若春曉洋女笑瞇瞇擠到我們傘下避雨，也不出聲，暫時借光，眉毛與我站得更近，我頭頂幾乎卡到他下巴。

不一會，洋女看到站前邊的男士傘下有空隙，又鑽到那處去，如此精靈地一站站走到她的目的地，又不用淋濕。

都會中，許多女子都利用機緣，我當然也是其中一人。

我還是佼佼者。

終於買票入內，眉毛問：「要先看什麼？」

我躊躇：「蒙娜麗莎？」

「她在羅浮宮，我們去看羅塞脱石碑吧。」

我汗顏，博物館內空氣冷冽，他摘下圍巾給我披着。

華裔遊客甚多，真怕有人親切問：「呵這位太太可是陪兒子觀光。」

不久，我腳痠強忍，「明早再來。」

話還沒講完，一支自拍金屬棒啪一聲打中我額角。

管理員立刻上前干涉，自拍少女沒聲價道歉，我很寬慰伊們不是華裔，連忙說沒事，眉毛生氣，用流利法語斥責她們。

我忽然說：「叫管理員賠我們明天門券，若不，也要讓我們走快道。」

眉毛即往交涉。

我倆得到快道派司。

看，我沒忘記少年時伎倆。

到藥房買支傷痛藥膏。

回到小旅館，兩人先後沐浴，眉毛的青年宿舍無沐浴設備，借光，熱水明顯不足，我打哆嗦，出來更衣坐好，包租女士馬上敲門，「說好說一個住客——」話還沒講完，我把大額鎊紙塞她手中。

她展開笑容，「需要什麼儘管出聲。」

很明顯她是南亞人士，在唐人街開旅館，奇。

我穿上七姐放篋內棉袍子，總算回過氣，用傷痛膏揉足踝。

眉毛訝異，「這樣漂亮白皙小小足趾，你好像從未落地走路。」

我汗顏，他說得好，我的確不大步行，車進車出，七姐曾用她不大合文法的英語調侃我：「太太，你Mercedes come, Mercedes go，鞋底新簇簇」，故此一走動便覺辛苦。

揉兩下，我與他都臉紅，我穿上襪子。

「好好睡，明日叫你。」

我累得發昏，碰到床就睡熟，半夜聽到瑟瑟聲，不，不是雨聲，是老鼠走動。

一覺驚醒，已經早上七時。

眉毛電話：「在樓下等你。」

我連忙添衣奔下，呵，霓虹燈尚未熄滅！「好好麵店」招牌閃爍。

眉毛仍然穿那件舊大衣，我把圍巾還他。

他朝麵店丟一個眼色，握住我的手，放到大衣口袋內。

大滷麵口感不錯。

到洗衣舖買兩隻大透明塑膠袋罩着走。

從快速走道走進博物館，原來是東方文物館所在，牆上嚴肅地掛着盜竊而來的中國字畫。

「可要買紀念品。」

「不了。」

我們坐下觀賞一幅趙佶寫的瘦金體。

眉毛忽然說：「你無所謂往何處觀光，到大英不過是像所有學生一般到此一遊。」

被他說中，他諳讀心。

「來過就算了，呵，這裏還有世上最多木乃伊。」

走到一條叫伯爵街的角落，眉毛叫我看高空密佈的閉路電視，監視路人一舉一動，數一數，竟有十枚之多，「十分擾民，憑它的破案率只有百萬分之一，都說，倫敦同以前不一樣，少了種優雅斯文感覺。」

他是一級導遊。

「劍橋與牛津，只有時間去一處。」

「劍橋。」

「為着牛頓嗎。」

「不，為着拜倫。」

還是下雨，若不是有件棉袍子，真會凍死。

戚家楣把我帶進校園，他的書卷氣質與哥德建築翠綠庭園垂柳天衣無縫，但我呢，再回頭已是百年身，不禁淚盈於睫。

他緊緊拉着我到小河邊，與學生商議，借一艘扁舟，搖搖晃晃，扶我下船，熟練划動雙槳，緩緩泛舟。

我深深吸口氣，山坡上滿滿水仙花搖曳，忽然說：「我不回去了，找一間喬琴式小屋住下，不問世事，靜修。」

戚家楣微笑，「只恐怕殷師要你住每平方呎一千英鎊的凱盛頓區。」

「她不是我家長。」

「一個人你會寂寞。」

我想衝口而出：你陪我！

「你或可報讀一個——」

「我不會讀書，也不想重回學府，我只想享受一級學府氣氛。」

「那麼，我們到紀念店買一件T恤穿上。」

店裏應有盡有，圍巾帽子毛衣大衣統統買一套，我樂得合不上嘴，終於圓了做冒牌貨心願。再往莎士比亞故居，找到他的書桌椅子，坐一會，沾染一些靈感，從此便可擁有文化氣息。

附近有屋宇出售，中介一見黃面孔，打開大門出招呼：「五十萬鎊已經有許多選擇」……

那種爬滿薔薇的小屋，可以想像，勃朗蒂或奧斯汀會得隨時開門走出。

可以把殷師與七姐一起叫來靜修否。

殷師回電：「發瘋，兩星期後速回，還有，速往各店買春裝，你倆此刻看上去似流浪兒！」

沒一句好話。

不過，歐洲對人就是有這種壞影響，心情鬆弛。

小路全是旅遊車，嘟嘟嘟要求掉頭，沒人着急。

當年王先生抱怨：「四個兒子全進不了牛津劍橋，唉，恨鐵不成鋼。」

再回到倫敦，只覺空氣混濁，街上外國人多過英人，他們說話都帶獨特自家鄉音，世上所有大都會都跟紐約看齊。

你可以說我有生活經驗，也可以說我沒有。

第三天，留在倫敦吃完咖喱，戚家楣竟帶我到羅馬人的營地的參觀。

「我師兄叫我開眼界。」

羅馬人即吉卜賽人：神秘、憂鬱、苦難，而且有點邪異。

我從來沒近距離接觸過他們，現代社會還有羅馬人？相傳他們自巴基斯坦西遷，與歐洲各國族裔通婚，一代一代出奇漂亮，居無定所，成為流浪的吉卜賽。

那營地在一處樹林之內，停着七彩篷車，披彩巾的白馬，以及長花衫的女子，完全不像廿一世紀。

一個小孩帶着狼犬站閘口，叫我買門券，「美麗的小姐，你那麼漂亮，得付十鎊。」

多麼中聽，我付他二十鎊。

一股奇異氣味，那古舊吉卜賽風情想必是一齣戲。

我們坐樹樁，用鐵罐喝茶，我緊挨眉毛肩膀。

中年婦人招呼我們，「剛有羊肉湯，十鎊一位。」

「五鎊。」他掏出鈔票。

「見你可愛，好吧。」

她摸摸眉毛頭髮。

眉毛這人，無論是誰，見了總想撫摸他。

我問：「有肚皮舞表演嗎？」

「我們也會，費用另計。」

「不是都算在門券內？」

「小姐與男友出遊那麼快活就別計較了。」

是，是。

羊肉湯用碎米一起煮，香聞十里，略有騷味，風味特別，我們和着現烤麵包，吃了許多，渾身暖洋洋。

接着，肚皮舞女出場，見是兩名中年婦，我忍不住無禮駭笑，但事實勝於雄辯，舞者技藝高超，肢體柔軟，使觀者渾忘年齡，我十分沉醉觀看。

接着，有兩個七八歲女孩光着胖胖小肚皮出來扭動，渾身金幣鈴鐺沙沙響，我高興大笑鼓掌，掏出賞錢分派。

「眉毛，謝謝你，謝謝你。」

吉卜賽老者趨前祝福，「祝你倆永結同心。」

我們走出營地，再回頭，霧濃，營地似已消失，再也尋找不到香格里拉。

我的腰瘦腿痛亦已消失。

我又想說：不走了。

晚上，回唐人街，耳畔還有大黃狗汪汪吠聲，以及舞裙叮叮，我驀然發覺左手無名指上多一枚金屬指環，嘎，這是什麼時候被吉卜賽人套上？渾然不覺，眉毛說他指上也有一隻，一大一小，天衣無縫，似一對婚戒，這着實奇哉怪也，進到吉卜賽營地，不但沒有被扒去什麼，還賺多兩隻戒指！

眉毛與我大笑。

忽然，他握住我雙手，深深親吻。

我想說：更多。

但是實在說不出口，氣結、流淚。

第四五六天過的奇快。

我放肆起來，剝下骯髒衣服，在邦街添置新衣，買了兩件羽絨。

眉毛沒反對，但堅拒我為他添衣。

「我是導遊，不接受這類餽贈。」

我挑的衣物亦極之樸素，看上去不比他光鮮。

他丟下這樣一句話：「一個女子是一個女子。」

我少年時也自來新自來鮮，不用費勁打扮。

在旅館房中我給他一隻信封。

「旅途尚未完結，你且留着賞金。」

「這是零用。」

「殷師已付，足夠花費，你可是想搬到夏蕙酒店。」

「唐人街小房間相當愜意，老闆娘天天換床單。」
「今早，乘火車往北走，沿途觀光。」
「湖區看得見星星否。」
「很難講。」
「看不到獵戶座獅子座你可會不舒服。」
「數億萬年，星座總在蒼穹靜候。」
「啊。」
「看不到你，也許會難受。」
說這話之際，他背着我，聲音很低，我輕輕伏到他背上，他背肌像一隻舒適座墊。
年輕時從未做過這樣動作，同想像中一般愜意。
他很尊重，側頭微笑看我，並沒有進一步動作，真沒選錯人。
旅舍老闆娘送毛巾進來，看看我，又看看他，「呵，你們已經註冊結婚，恭喜恭喜，」目光鋭利，已看到我倆手指上吉卜賽指環，「可要搬來一起住，可惜我沒有更大房間。」

我連忙答：「不用不用。」

可愛的眉毛一直笑。

這時他的頭髮已經頗長，一臉鬚，殷師在熒屏看到：「理髮！」眉毛說：「可以想像如果她有子女必定一到十八歲即離家出走。」

他的鬍鬚並不扎手。

我們租一輛吉普車上北部。

經過公路來到鄉間，羊群阻擋去路，奇是奇在沒有牧羊人，只得兩隻牧羊犬，體型並不大，卻非常權威，汪汪叫，趕羊群過馬路，天底下一物降一物，在牠們催趕下，羊群聽話地擠着過路，對我來說，蔚為奇觀。

哈哈哈哈。

藍天白雲，越往北氣溫卻越暖。

抵達小鎮我倆租B＋B，店主的蘇格蘭鄉音需側着耳朵才聽得明。

他微笑問：「不是夫妻嗎，要兩間房。」

我指着眉毛說：「他是夜雷公。」

他是嗎，我不知道。

借兩部腳踏車自遊行。

王先生覺得英國北部太偏僻，從未來過。

這時，腳力好像已經練出，曬得額角發燙，脫去外衣，只剩T恤，眉毛還要誇張，只穿背心，汗流浹背，確夠痛快。

到這個時候已發覺旅行不必帶行李，有一具健康身軀及吸收靈魂即行，這次看到事物，多過以往廿年加在一起。

我們甚至沒帶照相機，只有電話隨意亂拍。

七姐說：「開始想念太太。」

她仍叫我太太。

幸虧她倆適可而止，一句起兩句止。

我指着北海岸上孤獨燈塔，「住該處多好。」

眉毛看我一眼，不出聲。

可笑，彷彿嚮往孤寂，但旅行都不願一個人。

乘鐵路過英法海峽。

對面坐着中年華裔夫婦，夫渴睡，婦讀「百家樂必勝法」，兩人並不談話。

我與眉毛相視而笑，我倆亦不開口。

忽然聽見有人大聲叫：「服務員！廁所塞住！」

到處是人間煙火。

在法國出口處看到大批人群站路軌車站旁，眉毛一見人多緊緊摟着我腰身，低聲在我耳邊說：「東歐難民，想往英國找工作。」

我吃驚，垂頭不敢正眼看視，他們也是人，不是芻狗。

眉毛破例叫計程車迅速離開車站，所熟悉的火車北站已面目全非，到達市區，只覺路窄人擠，遊客多得不可思議，肩碰肩，似一個老大的購物商場，我與眉毛沒有什麼要買。

這已是我倆旅遊第八天了。

時間過得真快，彷彿才下飛機找小旅館。

這次，住宿在蒙馬特，需走山路，比較廉宜。

一路同胞見到我倆，如獲至寶，圍着問路。

我舉雙手，「我只諳一點普通話與些少粵語。」

「我們來自上海，可以講普通話。」

問是否一定要説法語當地人才會回答。

眉毛笑：「現在也不了，説中文就很方便。」

「店裏可否還價。」

「小店可打九折吧，名店大抵沒有。」

「提出要求可會失禮。」

「顧客至上。」

我忍不住說：「羅浮宮在那邊。」

她們咕咕笑，「聽說可以訂製RV鞋子，我的腳板特厚，真是福音。」

「聖母院在——」

眉毛把我拉走。

小旅館百年歷史，據說梵高也在此住過，小露台看出，山下風景，他畫過多次。

「這種只站一人小露台，叫做茱麗葉露台。」

「假如兩人真的結了婚，會怎樣。」

眉毛想一想，「兩人都那麼驕縱，必起齟齬，不到幾年就離異。」

「我也那麼想，男方損友甚多，成日夜遊，不算忠誠，一時濁氣上湧，才鬧成悲劇。」

早已發覺現代人越發譏笑淡薄昏頭戀情。

金色輕霧裏看着戚家楣，忽然有愛戀感覺。

他輕輕轉過臉，親吻我上唇。

這是他第一次主動，已經約會到第八天，不算無禮。

我不想讓他知道我已忘記親吻，或是，根本沒有學會過，只靠本能。

有麻電感覺，他輕輕捧起我的臉。

正在此時，聽到鼓掌聲，誰，誰，誰惡作劇。

我倆離開一些，往掌聲看去，原來是隔壁陽台一對白髮老夫妻。

那老先生嘻嘻笑，「唏，別理我們，請繼續。」

眉毛比我更先臉紅。

淋浴要另加廿五法郎。

金錢多麼重要，可見一斑。

順着石級走下巴黎平原，忽然一群吉卜賽小孩追上，拉扯眉毛衣角，驟然見到我們手上指環，立刻笑嘻嘻退開去騷擾別人，不久聽見有人嚷：「我的手錶不見了。」

他們認得指環，是護身符。

那樣小孩也是人，不是芻狗。

處處人龍打蛇餅繞好幾個圈。

眉毛建議：「我們不如下南部到葡萄園。」

「明天一早到羅浮宮排隊。」

「還要看什麼，想必都會背了。」

大酒店門外停大巴士，招牌上寫「往大畫家蒙納家居基凡尼看荷花池」，遊客鴨子們排隊上車。

到此一遊十分重要。

兩人吁出一口氣，想喝咖啡，竟找不到茶水站，小店都改裝成為出售瑣碎紀念品，不復見俊男美女在咖啡座互相打量，也不見有端莊老太太牽着貴婦狗路過。

找到比較豪華餐館推門進入，侍者見他們襤褸，前來說：「沒有空——」眉毛給他一張鈔票，「是，是，這邊，有兩人近窗好座位。」

看了看菜牌，貴得離譜，眉毛揚揚眉角，「不要辜負好座位。」許久沒喝香檳，叫兩枝新式小小汽水般新裝汽酒，還有橙汁燜鴨。不料汽酒不酸，鴨肉也香嫩，我付侍者更多小賬，皆大歡喜。

眉毛說：「你好似開始學習進食。」

他觀察入微。

日光漸長，預購火車票南下，回旅舍淋浴，才出發。

意料之外，車廂這排只得我們兩人，我打橫躺眉毛腿上小睡，他肉孜孜，十分舒適。

然後，有一少婦抱嬰兒上車，那小小人簡直是糯米球，他母親用一塊布遮住哺乳。

我說：「眉毛，想看你幼時照片。」

已經培養感情。

「我也是。」

我身邊皮夾子正有張三歲照片，但我不願取出：黑白、陳舊、簡陋，似足我童年，不想再提，但，為什麼珍藏？到底是自身一部份。

少婦抱起嬰兒，替她處理排洩，對我們說：「我到衛生間，請代為照顧十分鐘。」

嘩，如此重任。

數月大幼兒並不怕生，舞動雙臂，對我們笑，他身上有氣味。

眉毛輕輕說：「這是唯一需要照顧到十八歲的地球生物。」

真是可恥可笑。

那年輕母親十分放心，去了相當久，買了午餐回轉，接過嬰兒，道謝。

眉毛見她只吃三文治，哺乳之母哪夠營養，這樣說：「這個給我，我再替你買熱食。」

一口咬下三文治，一邊往餐卡走去。

少婦連忙說：「你丈夫真是好心。」

我微笑，「在家兇得不得了。」

出門這麼久，遇見各式各樣陌生人，慶幸都認為眉毛與我是一對，真是高興，如果有人問一句：「是你弟弟嗎」，「是你長子嗎」，那就有點煞風景。

「看得出你倆恩愛快樂。」

我只是笑。

一會眉毛回轉，把飯盒放桌上，「我們請客：豬排、雞皇飯、牛柳絲，還有可可、咖啡，紅茶。」

少婦選雞皇飯，我給她添多一塊豬排。

大家在「謝謝」與「不客氣」聲中吃完午餐。

查票員走近。

眉毛已掏出鈔票，「這位太太補票。」

少婦淚盈於睫。

她也是人，不是芻狗。

「謝謝，謝謝。」

「往何處。」

「馬賽找親人。」

他們下火車時，我不知不覺把若干零錢塞到她口袋。

兩人想法一樣，手拍拍手，心情愉快。

「這是何處？」

空氣充滿鹽香，取過地圖一看，原來也是古都，曾經盛極一時，與北方各城不合，老思獨立。走近碼頭，看到貓多，大抵因為老鼠也多。一路聞到魚腥，沿海走去，發覺漁民出售海鮮，指一指小飯店，意謂那邊可以煮熟。

大喜，連忙買足作料做海龍皇湯。

露天坐着等，只我們一枱食客，十分鐘後熱騰騰海鮮湯上桌，用手撈起大蝦蟹殼剝着就吃，眉毛怪叫「太美味了」。

漁人看着笑。

這是我所吃過最享受的一頓菜，原來好日子在今日。

還有月光，坐碼頭邊看到銀盤似月亮升起，今日不是十五，就是十四，仍然不見星光。

我驟然想起，「今夜睡何處？」

「火車站。」

這倒是第一次。

遊客漸漸朝海港聚攏。

眉毛帶我到旅宿，推開門就是一張床。

他倒下，「你睡地下。」

我剛想抗議，他已熟睡，我坐在床沿，終於擠到他身邊，兒童院中，遇到較年幼女孩，也喜擠到她身邊睡。

我幾乎肯定有床蝨，背脊癢癢，醒轉，才發覺他在我肩膀呼氣。

這張面孔，不知叫多少女孩失神凝視，他肩膀上有嚙痕，追溯何人留下，她還在想念他否？

再度醒轉，天色大亮，他已梳洗，見我開眼，蹲到面前說：「早。」

我撫摸他頭髮，他依伴我胸前。

「什麼時候。」

「該回家了。」

「胡說，」我吃驚，「我不回去，我們乘車往翡冷翠，南下羅馬，再去希臘。」

他只是笑。

我懊惱：「我就知道你不情願。」

「我與殷師有合約。」

「我幫你打官司。」

「華容你真可愛。」

我把臉埋在他大手掌裏。

「實驗室追我回去呢。」

「說好兩星期。」

「已經十五個日夜。」

我坐起，照着水霧鏡，頭髮膩嗒嗒，皮膚曬焦，襯衫腋底有汗漬，我華容，一生從未如此邋遢過，苦笑，盡量刷清口氣。

我說：「租一間酒店房間浸浴才回轉，否則，接飛機的人不認得。」

「我沒人接飛機，找一座噴泉跳進洗一樣。」

「你這口角不似科學家。」

眉毛笑得彎腰，「給你看照片，這，是考古系科學生，這，是地質學博士，還有，生物學學生在阿瑪遜，全像大猩猩。」

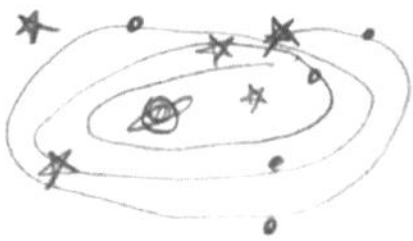

我看過照片，駭笑。

「只有生意人，尤其是中介，打扮一絲不差，西裝筆挺，領帶與襪子配色。」

他形容的是王先生。

殷師神通廣大，越洋租到市內四星旅館房間。

到著名百貨公司拉法葉買衣物，大門口是畢加索邂逅十七歲瑪麗鐵麗茲之處。

王先生告訴我這故事，他說，瑪麗與他只維持若干年，因他見異思遷，很久很久之後，他百年歸老，不知恁地，瑪麗到那時才自殺身亡。

法國人一直上演這種故事，莫名是愚昧還是浪漫。

我也曾想過，王先生辭世，我還有什麼可做。

二十多年，一切依靠、信任，以他為主，我只不過是行星的小小一顆衛星，他若消失，我也將失去引力，墜毀無窮宇宙。

正在思忖，轉頭一看，不見眉毛。

糟糕，走失了。

焦急地抬頭四處找，哪裏還有，情急，站到放模特兒人型台上，店員趕上前說：「這位小姐，快下來。」

有人攙扶，一看，正是眉毛。

我緊緊握緊他手，「你失蹤。」

「對不起對不起。」

是我失態，一個人，太高興或太悲傷，都會如此。

走進空氣調節恰到好處的酒店房間，鬆口氣。

連忙放水浸浴。

眉毛說：「女士請先。」

他倒長沙發上，不一會睡着，這時他想必發覺，服侍一個女子，是頗為勞累的一件事，下一次這樣做，怕要待他蜜月之時。

這眉毛，他會娶什麼樣女子，可有妝奩，可精明能幹，抑或，也是學士，有專業，可以猜想，必定是個美女。

浸進按摩浴缸，簡直不願起來，久違了，確未想到在歐洲浸浴是一種奢侈。

洗完之後，再沖一次身，才裹上大毛巾。

坐在鏡前梳髮，才發覺眉毛已經醒轉，在打量我。

「醒了，輪到你。」

他忽然輕輕說：「你是個美女。」

我這樣回答：「化好粧梳妥頭，換上新裝，在適當燈光下，心情不錯，也只不過差強人意。」

「你好似不習慣接受讚美。」

又被他看穿。

他說：「我很快就行，我們還可以往博物館。」

經過我身邊，他抱住我，深深吻我髮畔。

傍晚，接近打烊時分，遊人較為稀疏。

我倆坐在蒙娜麗莎面前，不發一言。

「我這導遊還算盡責嗎。」

「一百零二分。」

內心有點失落，這樣可愛男生，竟未能長久相處。

不過，華容，不得貪婪，這樣快樂，也不是每個人可以得到。

忽然克制不住，撫摸他的耳朵。

站在不遠的管理員咳嗽一聲。

再過一會，員工說：「我們打烊了，明日請早。」

我倆只得站起離去。

我輕輕問：「鮑蒂昔里的『維納斯出世』在何處？」

「小姐，那在翡冷翠的烏菲茲畫廊。」

「歐盟為何不把所有名畫放在一個地點一間美術館。」

管理員笑答：「我們也想那麼做。」

殷師電話追蹤：「在飛機上沒有——」

不答。

「當心日久生情。」

頭等艙有臥鋪，這時，兩人又睡不着，也吃不下。

「回去之後，還可以見面否？」

我回答：「大家都忙，哪裏還有時間。」

他學着我口角：「我就知道你不願意。」

「你意圖如何？」

「追求你，愛戀到一個地步，向你求婚。」

我相當震驚，說不出話。

「真是意外，我原以為，一個阿姨需要遊伴，照顧路上瑣事，可是第一眼看到你，便訝異有這樣漂亮文靜女子。」

我仍說不出話。

「我害怕新一代女子，越來越中性，事事得理與無理均不饒人，自私不文，沒有話說不出口，公然譏笑嬉弄男子，互相也不尊重，拼軋爭位，彼此侮辱，真吃不消這種平等。」

總算說出心中話，受不了飛揚跋扈，名利學術地位日益攀升，咬緊牙關做人的一代女性。

我提醒他，「尚有很多女子願意柔順。」

「你是自然天生如此。」

我不再說話。

這也許亦是廿多年的薰陶培養成績。

千里搭長棚，沒有不散的筵席。

七姐親自與司機來接；看到太太，嚇一大跳，「這可曬成焦炭了。」

伸手招戚家楣，「小朋友，這裏。」

眉毛擺擺手，「我乘公路車。」

「什麼毛病，一部車，同路。」

華容看着他，「過來。」

他總算把行李丟進車廂。

七姐皺着眉還有意見，華容連忙丟一個眼色。

老管家都像奶奶，家中少爺也任她嘀咕，百無禁忌，但眉毛是外人。

先送太太到家，眉毛下車，與華容擁抱一下，「再見。」聲音有點哽，還真是孩子。

華容由七姐陪入屋。

什麼都準備妥當，換上拖鞋，吃着精巧小菜伴白粥，她又成為王太太。

殷師不久前來，「好玩否。」

「增廣見聞，做了背囊客。」

「沒有愛上什麼人吧？」

「沒那麼容易。」

「也沒有什麼人愛上你吧？」

「那什麼人相當老練，別小覷他。」

「後生可畏，沒失禮吧。」

「他說與你訂好詳細合約。」

殷師哼一聲，「他們哪管這些，怕是尊重你。」

「殷師，多謝你安排。」

「太客氣，別忘記我按時收費。」

「別掃興。」

「華容，這是真實世界，你即使到教會，神職人員待你一坐就拿奉獻袋上來，相金先惠，再聽道理，教會也負擔燈油火蠟。」

華容說：「嗯，這豆酥糖做得好，七姐，給殷師包一盒。」

「我約戚家楣明早見，你可要一起。」

「我起不來。」

「不必刻意諱避。」

「殷師，我雖然寂寞孤苦，你也別把我看死。」

「我知你怕進一步發展，你是成年人，你的生命，活一日少一日，已經去掉大半生，再下去就是一輩子，怕誰說什麼，如不高興，我同你打官司。」

華容微笑，「我就知你按時收費。」

「你怕沒有好結果。」

華容點頭。

「我也知道最久隔個三兩年還是得分手，這與年齡背景也許有一點點關係，但事實婚姻關係早已不能維持一輩子，王先生與你，已經算奇蹟。」

華容又微笑，「怕到時會拉拉扯扯。」

「不是說別小覷眉毛嗎。」

「喂，你可是鼓勵我擔任小青年的插曲。」

「哈哈，華容，你旅遊半個月，我真懷念你這個朋友。」

「連你都找不到說話的人，我更加不堪。」

與殷師一起到美容院。

服務員一見華容，氣得鼻子都紅，「王太太，你一半麗質天生，一半是我們悉心護理，皮膚才會雪白滑潤，你，你怎麼一下子毀容！」

華容內疚，「做幾次美白就好。」

「才怪！」

華容忽然說：「王先生已經不在，我還做給誰看。」

她轉身出門。

員工這才知道話說重了，「王太太，對不起，是我不知輕重，你這一走，我會被開除。」

殷師拉着她，「既來之則安之。」

一層層打磨去皮敷藥薰蒸氣，叫她不耐煩。

心已經野了。

沒有人覺得她與眉毛不是一對。

火車聲軋軋，吉卜賽舞衣上金幣叮叮作響，做過好夢的人總希望還有下集。

華容眼角濡濕。

自美容院出來，殷師端詳她，「好多了，麗質天生，沒話講，第一次見你，忍不住偷偷定着看好幾次，果然有秀色可餐這回事，藍布制服，直髮撥耳畔，就那麼好看。」

「在說什麼。」

「喏，還有這副腼腆，你不重視自身，才最可愛？」

華容微笑，「殷師，我報你知遇之恩，我們結婚吧。」

她倆去吃下午茶。

碰到一個貴婦，款款上前說：「是王太太嗎，我是盈裕銀行的李太太，記得嗎，我可以坐下說幾句話否。」

華容知道她真的已經回到了家。

「盈裕最近辦一個捐助華北失學兒童活動……需要捐助費用，王太太，你可願……」殷律師送上名片，微笑代答：「願意，願意，願意。」

那李太太有點感動，「太爽快了，王太太，我讓公關組與你們聯絡。」

她婀娜離開，背影都精光燦爛。

殷師說：「你那些寶石首飾呢，為什麼一顆不戴，淨叫這些沽名釣譽的女士們出盡風頭。」

「只盼望社會再多些這種沽名釣譽慈善家。」

「華容，小事你相當糊塗，大道理你倒是明白。」

「跟王先生這麼久，學到一些皮毛。」

「戚小朋友來過我處。」

「你說。」

戚家楣並不期望看到華容。

真的發覺她沒到，又相當失落。

殷師很喜歡這個小朋友。

她把一隻信封交給他，「你的獎金。」

他打開信封，見是現鈔，只抽出兩張，把剩餘交還殷師，「夠了。」

「我第一次聽見有人説錢夠了。」

小生答：「你的淘伴質素欠佳。」

「唷，與我鬥嘴。」

戚家楣只是笑。

「玩得開心嗎。」

他回答：「她像個瓷娃娃。」

「什麼意思？」

小生想一想，「叫人小心翼翼，心痛，怕她虧損。」

「華容性格堅強。」

「是呀，始料未及，到最後一天才轉到大旅館，吃得苦中苦。」

「你喜歡能捱苦女子。」

「環境不一定天天鳥語花香。」

「你是遊伴，計劃多多，幹什麼。」

他把頭枕在雙臂，這樣回答：「我知我是想多了。」

「別想得太好。」

他站起來，「我得回學校。」

「最近研究什麼？」

「找最近太陽系新的恒星，即另一顆太陽，或黃矮星。」

「怎麼找法？」

「看附近是否有行星，繞着某顆星轉動，些微差異，也是數據。」

「滿天星斗，豈非眼花繚亂。」

「用心找，總有發現。」

「那你用功吧。」

他的毛衣領口破一個洞，但無礙，他穿上就似時裝。

女同事都朝他看。

「不做演員可惜。」

「人家不靠臉蛋吃飯。」

華容聽過，默不作聲。

殷師丟下一句，「順其自然，他正在用心尋找。」

華容雙腳紅腫磨損，到醫生處找特製襪子穿上。

她出奇地思念戚家楣。

晚上一人看書，聽見聲響，抬頭，當然不是那兩道濃眉，垂頭。

大雨，看到大傘，又會一怔，會移近遮住她嗎，只是司機細心。

四周圍都是受薪員工，招呼周到。

腳底有一水泡，歷久不癒，疼痛，叫她走路一拐一拐，到兒童醫院講故事，被醫生看到，「可有診治，脫掉襪子我瞧瞧。」

一看，警惕，「過來躺下。」
做一連串檢查，還要驗血。
「這是幹什麼？」
「異常紅腫，我先給你注射，回家等報告。」
華容並不覺特別累，先講故事。
這次說那個叫孔融的人與他的梨子，聽完故事，問問題，「為什麼孔融要讓出大梨。」
小朋友有意見，「他吃不下大梨」、「大梨未必甜」，「他比較喜歡蘋果」……
華容笑得彎腰。
司機來接。
「太太，腳好些沒有。」
晚上，腫得發燙，她睡不着，坐露台看月亮。

醫生來診，看到美婦人如許寂寥，不禁惻然。

傷口沒大礙，不知何故，事主發燒，只得開出寧神劑，囑她翌日詳細檢查。

第二早，發覺腫痛漸退，不再發燒。

七姐與一名堪輿師在大堂説話。

——「好幾間房間都空空如也，這不大吉利，人住的地方，得有人氣，不妨亂一些，吵一些，最好有小孩咚咚咚操來操去，或是麻將牌嬉笑聲盈耳，煙火人間嘛，你説是不是，屋裏即使只王太太一人，不妨每週主辦興趣班，請其他婦女來鬧一鬧。」

七姐為難，「太太愛靜。」

「那麼，養些小動物，多置綠色植物。」

「她也不喜歡。」

堪輿師走了，華容問究竟。

「那師傅説得有理。」

「至於風水，住得舒服，即好風好水，我喜歡素淨，如願以償，就是幸福。」

七姐不好再說什麼。

「上回的素十錦鮮美，再做一次，加白果。」

她站起，忽覺暈眩，又坐倒。

眼前佈滿密密黑白點子，像電視機故障熒屏雪花，她並不驚恐，只覺雙手麻痹，漸漸失去知覺。

平靜地眼前一黑，她轟咚一聲墮地。

七姐驚呼，傭人出來，扶她到床上。

救護車送華容到醫院。

殷律師已經知會相熟醫生做主診。

「只是貧血吧」，「她一直失眠，食量也小」，「可是太過勞碌」……

華容自身也莫名所以。

這樣享福，還百病叢生，說不過去。

接着幾天，全身檢查掃描，感覺如逛太空艙，儀器圍着她身子旋轉，又得四肢躺直穿過隧道，耳畔有重機械聲，似說：你有何不妥，華容，你有何不妥。

華容昏昏欲睡。

醒來只見花束擺滿一室，清一色討人歡喜的粉紅玫瑰花。

七姐侍候她更衣。

「四兄弟與妻子都來過，致以最大關注。」

「那堆孩子們呢。」

「只有最年長的蘭兒一起。」

「蘭兒長得似安琪兒。」

「十三歲已開始發育，頂尖美女，是王恆的女兒。」

「我記得，醫生怎麼說。」

「初步報告還沒出來，肯定與腳底水泡無關。」

「殷律師呢。」

「正安撫眾人。」

華容微笑，「像不像峽谷覓食禿鷹，聞到死亡氣息，已在空中不住盤旋等候。」

「我不知你胡說什麼！」

「日久生情，但我與王家四兄弟，一點友誼親情也培養不出。」

「人夾人緣。」

「沒有你們兩人，不知誰照顧這些生活瑣事。」

「想吃什麼，替你做，醫生意思是，老是吃粥缺乏營養，西醫並不覺得燕窩熬粥滋補。」

「難道吃十二安士牛排。」

她去吩咐：「我叫傭人做雞汁煨麵。」

接着，醫生看護進進出出，全是專科醫生會診。

——「病人情緒穩定，是好現象。」

腳上一個水泡失控，有什麼大不了。

但是第二早，報告出來，殷律師趕到。

一見華容，緊緊握住她手。

忽然生氣，「把這些花都拿走！」

「什麼事。」

「讓伍醫生講。」

伍醫生是那種標準年輕有為好青年，寒窗廿載，也許還說少了，皆是為着今日懸壺濟世。

他走近華容，「我是腦科腫瘤醫生——」

華容並無強烈反應，但已明白是什麼一回事，她雙手捧住頭沒言語。

今日，醫生告訴病人身上某部份有腫瘤，實在不算罕事，兩名人口中一名，遲早生癌，這是真實數據，故此華容並無反應激烈。

「我們決定即刻開始治療，這是腫瘤位置。」

醫生指向平板電腦。

七姐慌忙，「這裏，這麼大！」

華容忽然微笑，「七姐，這是我大腦前額葉。」

醫生用紅筆圈住：「是這裏、這裏與這裏。」

「我看不清。」

伍醫生將患處添上鮮黃色。「最大一顆，只有針頭大小。」

「這麼小也照得出，躲不過醫生法眼。」

伍醫生說：「讓我簡單講幾句：大腦左側額區，這裏，與腦顳葉後部，這裏，控制語言發音，最大一顆，這裏，位於大腦枕葉，與視覺有關。」

華容很鎮靜聆聽。

七姐已淚流滿面。

「手術有極大把握，可以順利成功完成。」

殷律師輕問：「但世上無百分百沒有後遺症的手術。」

「正確。」

華容忽然微笑，「你是指，為着清除這三顆蚊型腫瘤，我可能變得又盲又啞。」

「華女士，你毋須過份擔憂，我們可打開顱骨，不造成創傷。」

「如果不做該項手術，後果如何。」

「腫瘤或迅速長大，危害生命。」

華容起床，「我想一想，我要回家休息。」

「女士！這不是考慮的好時刻，危在旦夕。」

華容抬起頭，「詳情你與殷律師談，七姐，我們先回家。」

伍醫生徒呼荷荷。

華容鎮靜與七姐上車。

回家途中，她輕輕說：「王先生辭世，我悲痛莫名，以為活不到第二天，孤苦恐懼，覺得隨王先生一起走是最佳選擇，可是今時今日，還有姬妾殉葬之事嗎，日復一日，月復一月，活了下來，蒼白空虛，軀體如飄浮半空，不真實地在一間大屋內蕩漾，我已厭惡，現在好了，我得到解脱機會，不久可與王先生重聚。」

七姐泣不成聲。

司機把車緩緩停下，強忍眼淚。

車廂只聞飲泣聲。

「太太快別講這種話，太叫人傷心。」

華容這樣説：「我已決定不做手術，剃光頭在顱骨上鑽孔……我不打算受折磨。」

回到家，傭人知道消息，哭成一團。

殷律師見到怒斥：「哭什麼，太太死了嗎。」

她詳細解釋：「已有嶄新技術，用正電子發射斷層掃描技術確實位置，再用激光標靶治療，毋須化療，手術期間你會完全清醒，與醫生交流，維持語言及視力，華容，請明早入院。」

華容忽然說：「七姐，送殷律師。」

「什麼。」

「你被寵壞，多年對你言聽計從，你已變成一個刻薄的家姑，我解僱你。」

「你再說一遍，華容，我立刻走，不再回頭。」

七姐嚇得不得了，把殷律師拉到書房，給她一杯拔蘭地。

「不要說明天會後悔的話。」

「可是，她這不等於自殺嗎。」

七姐在殷律師耳邊說幾句。

「管用嗎？」

「儘管試試，光是哭哭啼啼，不是辦法。」

「那我去走一趟。」

殷律師看見華容背着坐露台，像是欣賞碧綠海洋，肩膀佝僂，說不出寂寥。

她揚聲：「華容，對不起，剛才我反應過激。」

「不怪你。」

「我現在告辭，明天再來。」

「隨得你。」

那天下午，一位不速之客到訪。

看到華容，他蹲到她面前，頭枕到她膝頭，一聲不響。

「眉毛，是你，呵，我就知道是殷師多事。」

「請即入院醫治。」

「你們這些人是怎麼一回事，來，陪我下一盤棋。」

「我不諳棋藝。」

他握住她手深吻，「我想念你得不得了，現在好了，找到糾纏機會，你不到醫院，我就不走，你大可叫人把我抬走。」

「這是一個大學生的適當行為嗎？」

「我不相信世界已沒有人沒有事值得你留戀。」

「我十分疲累。」

「華容，我們結婚吧。」

他自口袋取出一隻盒子，「記得那天在拉法葉百貨公司我失蹤一刻嗎，我到首飾部買這隻戒子，我一直想向你求婚。」

盒子打開，小小指環，寶石只得芝麻大小。

「確是一枚美麗的指環。」

「華容，你可願嫁我戚家楣為妻。」

「這不是求婚的時候。」

「只要相愛，無論什麼時候都適宜結婚。」

「你還年輕——」

「不要說陳腔濫調，講，你可愛我。」

華容忽然微笑，「你們諸人均對我呼呼喝喝，何故。」

戚家楣答：「因為你笨，對蠢人活該這樣：聲音低你聽不入耳。」

華容笑：「是，眉毛，我愛你。」

「那麼，我陪你入院。」

「不可給你看到病容。」

「好不婆媽，你是那種人嗎。」

「讓我看清你的樣子。」

一點不錯，只是先前憨態多一分倔強，「你不進院我就睡在這裏不走，七姐，給我準備被褥。」

七姐遠遠問：「要睡衣嗎？」

「不用，我習慣裸睡。」

這回連七姐都破涕為笑。

眉毛問：「殷師呢。」

「殷律師明天再來，我替太太收拾衣物。」

那天晚上，一大堆人湧到王宅。

恆、咸、頤、晉都來了，「我們有話要講。」

七姐也詼諧，這樣問：「逐個講，還是一起講。」

「一起見華女士。」

「那麼，請逐一發言，不得吵成一堆，不得對太太無禮。」

王恆點頭。

七姐把戚家楣拉到一邊，「你別添亂，躲房內看書。」

戚家楣點頭。

那四個成年男子決定輪流發話，誰也不願吃虧。

門鈴一響，殷紐兩位律師到了，分頭坐下，不發一言。

他們開口：「華女士聽説你得了癌症。」

「希望你公平對待我們四兄弟。」

「你的遺產，我們均分。」

「華女士，你並無親人。」

他們已經說明來意。

紐律師咳嗽一聲，「那是華女士的私有產業，她自會處理。」

「我們想提醒華女士，她不名一文來到王家，她的所有財產，根本屬王氏所有，如今她撒手西去，再也用不到錢財，重歸王氏子孫，仍是理所當然之事。」

紐律師答：「這是我所聽過最理歪氣壯的言論，荒謬！」

「我們不排除打官司的可能。」

「王先生，華女士還活生生坐在你們面前。」

「華女士，請及早準備。」

紐律師說：「我代華女士請你們離去，她需要休息。」

「一草一木根本是王家的財產！」

七姐已把大門打開。

他們怒氣沖沖離去。

殷律師問：「你們所得那份，還不夠用嗎。」

這時老大王恆忽然回頭，在門外高聲說：「殷律師，聽說你介紹小白臉給華女士共遊歐洲，沒想到你是扯皮條的淫媒。」

殷律師怒不可遏，「王恆，你等着打官司好了！」

七姐忙不迭把大門關上。

那難聽的話，每個人都聽到。

華容這時才開口：「說到底，他們要我一手提着自己人頭，另一手提着我那份遺產，跪在他們面前請他們笑納。」

紐律師氣忿，「別理他們，看我的，阿殷，與我回公司擬份訟書。」

七姐連忙取出潤肺杏仁茶，交給殷律師。

他們離去之後，戚家楣緩緩走出。

華容看着他，忽然笑，「一起往醫院，醫癒腫瘤打官司。」

七姐頭一個歡呼。

沒想到那四兄弟促成華容治病決心：非得好好活着給他們看，這四兄弟欺人太甚。

最開心是伍醫生。

戚家楣問：「我可以進手術室嗎？」

醫生答：「不行啊，那不是產房。」

「那，我在何處等。」

「你在病房靜候。」

呵度日如年。

七姐說：「我陪你。」

伍醫生說：「我先去準備，華女士你明早八時再來。」

華容對戚家楣說：「你先回學校，我有一份禮物在宿舍窗外。」

「不。」

晚上，他在客房休息。

七姐把他的衣物速洗速乾，待翌日再穿。

屋內燈火通明，只有戚家楣睡得熟。

近天亮時殷律師直接自辦公室趕到。

華容說：「你且休息一會。」

「七姐，咖啡。」

深深黑眼圈，看得出殷律師已有點年紀。

她告訴華容：「他們敢抗辯王先生遺囑，紐律師要告到他們甩褲。」

華容駭笑：「為何粗鄙。」

「對什麼樣的人用什麼樣法寶。」

「那豈不降低品格同他們一樣。」

「手術時間由上午九時至下午一時，我已讓助手到場幫七姐，人多好辦事。」

華容輕輕說：「一次在酒會中，轉來轉去，忽然不見王先生，在人群裏猛找，看不到他，忽然我慌得流汗，這可怎麼辦，難道叫我一人回家，有王先生之處才好算家，沒有他⋯⋯幸虧他稍後出現，握住我手，失去他這些日子，我一直活在恐懼裏。」

「華容，讓我實話實說：日子過得極快，你與王先生重逢之日，其實不遠。」

華容啊一聲，如醍醐灌頂。

「屆時你可以告訴他，這一段日子，還過得不錯，不負他所託。」

華容自七姐手中接過咖啡，轉身，殷律師已經睡着，「別叫醒她，我們先往醫院。」

七姐替殷師蓋張毛毯。

戚家楣已經準備妥當，身上一股清新皂香。

伍醫生在等候。

他取出華容頭顱立體模型，看到三個紅點，「盡早處理，以免擴散。」

戚家楣說：「醫生，請讓我進手術室。」

「不可以。」

華容忽然開口，「讓他進去吧，那樣，手術中我可以與他說話。」

醫生說：「看得出戚先生對你重要。」

那即是答應了。

戚家楣換上生化衣戴口罩坐一角，靜觀其變。

看護替華容剃頭，在頂尖削去頭髮。

她沒有表情，悄悄入定，好似這些並無切身關係。

然後，看護把她固定在手術床上，頭部用鳥籠般儀器鎖牢，用布幕隔開她的臉與天靈蓋。

伍醫生語氣平靜，「這位戚先生，你若要離開手術室，此刻還是時候。」

華容聽得眉毛回答：「我很好。」

她微笑，兩個年輕人也在角力嗎。

醫生說：「華女士，你不會覺得痛，已替你注射鎮靜劑。」

華容輕輕說：「什麼，那為何人人都說頭痛欲裂。」

看護忍不住笑，「那是神經線。」

氣氛並不凝重。

「可是鑽三個孔。」

華容聽到鑽洞聲，頭頂近耳膜，吱吱聲特別響。

「一個即夠，導管有能力轉彎，我們明顯可以在窺鏡看到，腫瘤所在位置，以便施藥。」

「像科幻故事情節。」

「很好，華女士，請一直自在說話，像聊天一般。」

華容輕輕說：「聽說美太空署發現火星表面有鹽水，或適合人類居住，誰會去火星呢！眉毛，你可有參與。」

「太空署該組研究員做發現工作，我組做探測，希望研究可合併產生火花。」

醫生說：「華女士絲毫不緊張真是難得。」

「現在害怕已經太遲。」

「手術已經安全順利完成，華女士腦部功能絲毫不損。」

華容說：「快得很。」

忽然聽到轟隆一聲，原來是戚家楣太過緊張自椅子跌下。

看護笑着扶起他，「你添亂。」

這是氣氛最愉快的一宗大手術。

華容說：「我累極了，可以睡一覺否。」

這時眉毛走近要握她手，伍醫生擋開，「當心病人感染。」

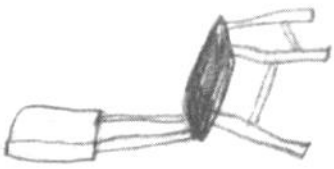

「我很好，放心。」

臉上濡濕，是眉毛豆大眼淚滴下。

「真是孩子——」

她失去知覺。

沒有做夢，隱約聽見殷律師問責之聲，她終於趕到醫院，漸漸這些聲音也遠去，終於，華容的意識完全消失。

病房附一個小小會客室，他們都在那裏等候。

忽然有陌生人走進，「我要求見王太太。」

七姐看着她，「你是——」面熟，一時想不到。

「我是京子，王晉的妻子，我們有一個男孩，叫王桑。」

七姐客氣地問：「有什麼事嗎？」其實已看到日本媳婦額角打着一個$字。

她坐下，「這位是殷律師否，請替我作主，王晉要與我離婚，他不要我了，扔下我們母子不理，我又不能回國，家裏已經沒人，再走一步，就是公開招待記者，待社會說句話。」

大家禮貌聆聽，殷律師待她說停，這樣回答：「我們這些人同你家一絲血緣也無，你找錯人，王太太在病房尚未甦醒，你覺得談判是時候嗎。」

「殷律師高抬貴手。」

「不要乞求，我們幫不到你。」

「我只需要一千萬美金。」

七姐瞪眼，日本媳婦把這天文數字說成零錢一樣，可見真是吃撐了。

紐律師說：「你請回吧。」

「我下午約見記者。」

「隨便你，你是成年人，一切後果自負。」

「一點商量的餘地也無？」

七姐說：「我們有事，你請回。」

那京子變色，「太過無情！」

她大動作咯咯聲走出病房。

華容沉睡，沒聽到這番糾纏。

這才發覺戚家楣趁亂，悄悄走進病房握住華容的手。

華容頭上有一塊小小紗布。

醫生來視察，他問：「頭頂鑽一個洞，用什麼補回。」

眾人聽得毛骨悚然。

醫生答得好：「這你就別理了。」

「還可以洗頭與游泳否。」

「當然可以。」

「肚子極餓。」

七姐連忙張羅。

兩位律師亦說：「我們也餓得慌。」

過兩日華容出院。

雪白面孔本來就小，又戴一頂絨線帽，更像一個小孩，觀者惻然。

高大的戚家楣不發一言，站在她身邊，他沒扶她，可是寸步不離。

這時，華容的熟友已把他當自己人，聽得他說：「別叫我回家」，立刻回答：「沒人，沒有誰讓你回家。」

他把功課帶着做，書房放滿參考書，其中一座精緻古董太陽系天文儀，恒星行星與它們的衛星都可以轉動，是華容替他找來的禮物。

偶爾也有同學前來討論功課，七姐巴不得多些人聲語聲。

他們喜歡吃牛肉，那可簡單，叫廚子在後園做燒烤。

七姐說：「年輕人很開心。」

華容答：「不久就膩。」

「你老是悲觀。」

「我是說我自己，那時一直要求王先生讓我到英國讀書。」

「是嗎我不知道。」

「人心極野，否則不會一直向前走，直至發現新大陸。」

「殷師忙什麼。」

「與紐律師訟稟法院告王氏四子違反遺產條約，要求凍結他那一份產業，直至結案。」

七姐說：「誰叫他們欺侮寡婦。」

華容不出聲。

她走到偏廳，看到一個女孩在讀課本，她替她開亮燈，「咦，你是哪一位，好似沒見過。」

她賠笑站起，「我不屬天文系，我是文科生，讀十八世紀英國文學。」

「怎麼也在這裏？」

「我聽說屋裏有最好吃的蘋果烤豬排，於是悄悄跟來。」

華容微笑，「你媽媽曉得你嗜吃否。」

「噯，我已過廿一歲，不再是爸媽責任，貪嘴並非吃苦，實在吃膩飯堂粗食。」

「那麼，歡迎你。」

「可以帶我同房一起來嗎。」

七姐聽見，這樣說：「小姐，這裏不是大學飯堂呢。」

女孩訕訕。

華容訝異，「七姐你一向不小器。」

「嘿，每天十多人在此開餐，冰箱也吃掉，還有同學搬了樂器在車房合奏，鄰居已經投訴，他們還把髒衣服帶來洗，宅子快變成人民公社。」

華容沉默，這些，都是可以預見的後果。

「請客容易送客難。」

「七姐，很少有人像我孤苦，沒有親友。」

其實華容有不少親戚，王氏四兄弟一早不經預約找上門，聲勢洶洶，要殺一個措手不及。

七姐讓保鏢出門交涉。

保鏢召警。

警員來到，看到四輛黑色大車，四名大漢，查看身份，全是公司董事，不禁詫異，「諸位先生，你們都是有身份的人，為何不顧尊嚴，狀如江湖尋仇。」

王恆一聽，立刻把車駛走，接着，王咸也忽忽離開。

警員問餘下兩位：「你們呢。」

王晉說：「我只想與王太太說一句話。」

殷律師緩緩走出，「我當事人有病，不想見人。」

警員說：「兩位，你們闖入私家住宅地，已是違法，在警告下還不願迅速離去，警方可隨時起訴。」

王頤說：「走吧。」

「不要再犯。」

兩人哼一聲。

殷律師說：「我當事人想將此事備案。」

她邀警員進會客室，說明詳情。

「呵，又是爭產案。」

這個「又」字十分刺耳，好好一戶人家，靠父蔭已足夠子孫食用，不知如何搞成這種局面，遭不相干外人譏笑。

送走警員，上下都覺乏味。

戚家楣請諸位同學離去。

他們規矩向屋主道謝兼道別，並且留下一些飯錢茶錢。

原來這兩個多星期正逢大考，在大屋可以安心溫習，得益匪淺。

七姐有點汗顏，她小覷這班孩子。

只見戚家楣也挽起行李。

「咦，你去什麼地方。」

「你已痊癒，我搬回宿舍。」

殷律師看着他，十分意外，是什麼叫眉毛一夜成長，她看華容，她也動容。

戚家楣緩緩說：「這樣在華家吃喝住太不像話，客人似海鮮，三天不走就有氣味，這樣吧，華容，我們結婚吧。」

殷律師頭一個笑，「簽署婚書後你就名正言順在華家吃喝住。」

戚家楣沉下臉，「殷律師，我要是與華容結婚，第一件事便是開除你，我發覺你根本沒有自家生活，你一直寄生在華容身上。」

七姐急道：「小子，不得無禮。」

「我有說錯吧，殷律師，你天亮起至天黑都在這間屋子，你左右控制華容思想行為。」

殷律師已氣得眼反白。

七姐斥責：「她是為太太好。」

「華容有足夠能力為她自己設想，還有你，華容已不是哪一家的太太，你應改口叫她華女士。」

殷律師一聲不響離去。

七姐避到宿舍。

戚家楣說：「我整頓好功課再來看你。」

他也走了。

屋裏又只剩下華容一人。

她真得學習一人生活。

回醫院複診，她提起勇氣問伍醫生，「頭上到底用什麼補密孔穴。」

「化學磁，十分牢靠，頭皮疤痕縫合之處也已長出頭髮。」

「為何複診。」

「查看癌細胞可有增生，抑或蔓延。」

「唉，看樣子是一輩子的事。」

「請以平常心待之。」

「可以遠遊嗎。」

「一般旅行，健康可以應付，但不宜爬雪山或往亞瑪遜流域。」

華容笑。

她對七姐說：「我想搬小一點地方住。」

「問一問殷師。」

「不用，我自己作主。」

「殷師會傷心。」

「你別低估她，我們不是戀人。」

「請她推薦可靠中介。」

誰知殷律師立刻給華容三個地址，「這些，根本是你屬下產業，王先生估計你一個人住大屋遲早會膩，一早替你準備妥當。」

華容發怔。

七姐找回先頭那名堪輿師，他看過新居之後，放下心頭大石，「王太太明智之舉。」

他推薦一間面積最小也近三千平方呎住宅，「上下鄰居均富二代，在長輩資助下住入這幢大廈，小孩多，熱鬧。」

果然，乘升降機就碰見一個，肥胖、不怕生、伸手抓人，七姐忍不住捏一下藕般手臂，吃吃笑。

華容問殷師：「可要來參觀。」

她答：「不必，你學着做，免得被人牽鼻子。」

「小孩說話你也放心上。」

「他不是孩子。」

「那你替我把大屋租出。」

「俄國代辦一早詢問過。」

「有無和平一些國家。」

「沒有，全世界均弱肉強食，高拜低踩，昔日愛理不理，今日唯恐高攀不起。」

「你不用指桑罵槐。」

「華女士，你自己作主張吧。」

「官司打成怎樣。」

「沒上庭，已求和解。」

「條件如何。」

「為什麼要同他們談條件，你欠他們？我討厭這班男人，有手有腳有——，專門鑽縫子在女人身上刮錢，還窮兇極惡，想把女子吊起威逼。」

「他們不窮。」

「總嫌不足。」

「殷律師，我若再婚，遺產就名正言順歸丈夫，可是這樣。」

「不過，你還活着，婚前，最好訂明詳細合約。」

「將來，上超級市場也得帶着律師，以免受騙。」

搬進新家，早起，仍覺頭暈，腳步浮，胃口欠佳，她沿山徑慢步，連帶七姐也運動起來，兩人緩步跑，大嘆不如當年，不過半個月之後，漸漸氣順，貪婪地呼吸新鮮空氣。

一日，發覺有腳步聲跟着她倆。

七姐警惕，回頭一看，只見戴黑色帽斗大漢亦步亦趨，他脫下帽斗，「眉毛！」可不就是他，華容意外之喜。

「司機說你們在這裏。」

「搬家後第一次見你。」

「跑完這個圈到府上喝杯茶。」

「你不用上課？」

「才早上七時，況且，我已畢業，在找工作。」

他頭髮與濃眉上沾滿露珠，華容替他撥落。

三人一路跑回家，足脛忽然輕鬆。

戚家楣告訴華容，天文物理系工作不好找，如不教學，就是繼續研究，不但如此，還要跑到老遠天文站，幾乎與社會脫離。

華容納罕，這倒奇怪，與她從前在一間大屋內的生活所差無幾。

他與華容詳談幾份工作可能性。

七姐在一邊聽着，不發一言。

「七姐，你怎麼看。」

「我是管家，不懂學問。」

「人情練達即學問。」

七姐仍然不肯說。

戚家楣說：「首先要說明白，凡是與天文有關事物，我永不言倦。」

七姐這才鬆口氣，「那就好了，不如到大學工作，跟女朋友距離近些。」

華容覺得好笑，總之有眉毛就有笑料，沒想到今日才成為別人女朋友。

「大學薪酬比研究所低一些，維持一個家，寬鬆點好。」
七姐說：「一早已經實施一人一份，沒理由叫你負責全部開銷。」
「可是你看，華宅員工已經削減，還有管家司機廚子女工一大堆。」
七姐說：「我不會辭職。」
華容又笑，大家打開天窗說亮話真是難得。
眉毛沮喪，「生活真是磨人。」
這回連七姐都笑，他知道什麼！
「反正我把薪水全部交出便行。」
華容笑得牙骹酸，「誰與你組織小家庭哈哈哈。」
七姐說：「喂你別調侃他。」
「這麼說，你是贊成囉。」
「你倆在一起，笑聲不絕，確是難得。」
華容深深吸氣，「我此刻還能撐一會，穿好衣服化上粧，不算難看，再過十年，又如何。」

七姐訝異，「太太，」仍叫太太，「你竟想得那麼遠，當然是屆時再算，豈可因噎廢食。」

「殷師怎麼說。」

「她沒有意見，最要緊你今日開心。」

「你們這班人。」

「這一季花開，先賞花再說，明年有明年的機緣。」

華容低頭，「噯，時間上真有些差錯，倘若廿歲時認識戚家楣，那才理想。」

七姐加一句：「廿三歲便離婚。」

戚家楣一直微笑。

「我還要想一想。」

戚家楣忙面試。

不知怎地，王家四兄弟又得到消息。

這次，約在紐律師事務所見面。

華容拒絕。

把他們留在舊屋的照片及禮物全部送回。

「官讓我們和解，見一次也好。」

會議室濟濟一堂，雙方律師左右對擂。

華容最後進來，所有人站起。

四兄弟已有一段日子沒見華容，只見她瘦許多，深色西服明顯大一個碼，短髮淡粧，不知怎地，頭髮長短不一，並沒剪齊，可見腦部手術屬真。

她輕輕說：「各位好，請坐。」

聲音也不如從前清脆，看樣子確曾大病一場，並非偽裝。

會議室一片靜寂。

華容開口：「有話攤開講，王恒，你是老大，你先說。」

「華女士我們聽説你打算再婚。」

華容不出聲。

王恒乾笑，「我們四兄弟，連兩位律師，一字排開，像一幢牆壁，看表面，真似欺侮寡婦。」

殷律師答：「你知道就好。」

「但是華女士，父親生前所立鐵鑄遺囑，保護得你牢靠，你與他結婚廿一年，我們都看到你真心待他，他病重那最後三年，你親手衣不解帶守護，叫他知道翌日醒轉還有你在他身邊，可以繼續活下去……我們都至為感動。」

眾律師悚然動容。

「這些我們都知道，也十分感激，但是，華女士，你手執公司大部份股權，要是再婚，這筆數目極有可能落在外人手，這是我祖我父一生心血結晶，我等焦慮你可否諒解。」

大家看着華容。

「家父生前，對華女士如此厚愛，華女士想必銘記，華女士一定不會辜負他的情意。」

眾人臉容軟化，大家都黯然。

「華女士在家父生前表示對公司業務毫無興趣，不想插手，今日不知是否如昔。」

華容點頭。

紐律師問：「你們四人想怎麼辦。」

「請華女士把王氏產業留在王家，華女士大病初癒，又打算結婚，不如先訂契約，身後王氏股權歸還王家。」

華容這樣回答：「這麼多人談我身後事，我華容大感榮幸。」

四兄弟覺得尷尬。

「我一定會妥當處理，但目前我還活着，這筆股份，是我在社會的護身符，希望你們體諒明白。」

這時老四王晉握緊拳頭，「無論如何，不可落入小白臉手中！」律師把他推回座位。

華容看着王晉：「老四，你妻子登我門勒索你可知道，先解決自家事，再談公家事，別叫王家難看。」

此言一出，連殷律師都吃一驚，華容真的老成了。

華容忽然覺得累，她站起，沒站好，雙手連忙撐住桌邊，不能倒下，不是現在，不可在敵人面前示弱，一定要站着。

「各位，你們所慮，我都明白，不日會給你們答覆。」

眾人散去，華容才回過氣，眼前昏黑，只能在一個圓頭裏看到景觀。

她又坐下。

這時殷師知道不妥，連忙扶華容到鄰室休息，立刻召醫生。

「伍醫生在夏威夷休假。」

「懸壺濟世，還放假，叫他回轉。」

「這——」

「快！」

相熟醫生看過，沉默不言。

「什麼樣的診斷。」

「我們與伍醫生談過，把掃描傳給他，他正趕回，明早可到。」

「你看到什麼。」

「我不是專科，請耐心等候，病人怎樣。」

「到家喝過甜粥，正休息着。」

「希望只是氣激攻心。」

「醫生，你見過五六十歲不孝子無，他們年紀全部比華女士大，他們才該早立遺囑。」

那邊，不肖子也寢食難安，圍在一起討論。

「王咸，你看如何，你一直沒意見。」

「天要落雨娘要嫁人，有什麼辦法。」

「她不是你母親。」

「眼巴巴看着，我不信沒有辦法。」

「看她的答覆如何。」

「她是一個靠服侍男人為生的女子，可靠否。」

「你以為父親是一個容易服侍的人？」

「王晉，你與日本女人的華洋轇轕請弄清楚。」

「她索大額金錢。」

「漫天討價，着地還錢。」

「你同誰在一起惹髮妻生氣。」

王頤說：「聽說是個小明星。」

「每個家族裏，一定有個不肖子為小明星鬧得雞犬不寧。」

「她們嬌俏可愛。」

「回到家裏，最多三年之後，與你前妻一模一樣一張黃臉，嚕嗦討厭。」

「我擔心華容女士待我們不公平。」

「我越來越覺得她明是非曉大理。」

「王頤最樂觀，稍後將認賊作父。」

「過去廿年什麼人不與父親吵鬧，你媽我媽，你妻我妻，拍枱拍櫈，爭個不亦樂乎，但華女士一聲不響，唉，年紀輕輕，真厲害，真好功夫。」

「這麼說來，一切是她應得。」

「廿年青春歲月。」

「賣得好價。」

「我們那廿年糊裏糊塗就這樣過去。」

「喝掉不少好酒，約會過若干美女，周遊列國，生過幾個孩子，也不枉一生。」

「這件事，把我們四個拉在一起幾乎天天見面，有助感情進步，倒是烏雲金邊。」

「她這病，你看怎麼樣。」

「有些癌醫得好，有些醫不好，有些一直拖，很難說得準。」

「打聽打聽，別在暗中。」

「老大老二，你們可有做身體檢查。」

「一起去全身照一照才好。」

奇是奇在這四兄弟雖然不是好兒子好丈夫好父親，卻是相當能幹的生意人，公司業績維持水準以上。

最終，王晉的日本妻子也並無招待記者，相信私底下已經談判和解。

王先生的前妻們也不再上門，也許，她們已找不到門，大屋裏此刻住着俄國人。

伍醫生忽忽趕回。

「我在飛機場。」

「我們派人來接。」

「不必，我直接到你處更快，請告知新址。」

三十分鐘後他就到達，他的看護帶着醫護用具隨後即到。

年輕醫生吃驚，「瘦這麼多。」

他檢查過。

「立刻入院。」

華容答：「不，我可以吃喝睡。」

「不要忌諱。」

「就是不怕才不願入院，固定在一間病房，待親友一臉憐憫探訪，過三日同一班人又來，表情轉為訝異：『怎麼還活着』，我在家就好。」

「那麼，兩個小時檢查，讓你回家。」

「我要考慮。」

醫生無奈。

「準備茶點招呼醫生。」

華容陪醫生喝茶，「夏威夷有趣否。」

「一個太陽人工沙灘一個海，悶死人，你催我回來，救我賤命。」

華容笑：「伍大夫你也會說笑話。」

「家母與吾妹忙購物，貝殼飾物全部來自菲律賓，夏威夷恤衫在孟加拉縫製。」

「你曬黑，人也精神。」

「你呢，華女士，吃得下否，睡得可穩。」

「時感口渴，半夜起床次數頻繁，半睡半醒，時時看到過去人與事。」

伍醫生不敢掉以輕心，「華女士，我懇求你入院檢查。」

華容微笑，「你可有如此懇求女友。」

伍醫生雙耳燒紅，「我沒有女友，醫生生活枯燥煩悶，不受歡迎。」

「嘿，我少年時每個女生都想嫁醫生。」

「時勢不一樣，女生要是崇敬醫科，她們自身也可以做醫生。」

華容欷歔，「真的變化大。」

「女性心細，手巧，記性一流，最適合做手術醫生。」

「你沒有看不起女生。」

「女同事不嫌我們就好，一次我見休息室無人，節省時間換掉染血上衣，立即被投訴當眾裸體不尊重，視女生透明。」

呵，這樣威風。

「華女士，明早我接你入院。」

「準備妥當我會知會你。」

不知怎地，新住宅給伍醫生童年時外婆家回憶，也是這樣白布罩鑲藍邊沙發椅，花梨木茶几，噴香白色薑蘭，精緻下午茶，呵，不對，恁可把美麗纖秀華女士當外婆看待。

他戀戀忘返。

「醫院知道你回來了嗎。」

「他們以為我後日返轉。」

他仍不願告辭，「夢見何人何事。」

「舊人，舊事。」不願透露詳情。

終於，看到管家悄悄打呵欠，他只得告辭。

「明早十時我來接你。」死纏。

華容說：「兩個小時，決不留宿。」

「一言為定。」

七姐送他出去，「醫生，情況如何。」

伍醫生沉下臉，「不必太過擔心。」

七姐愁苦。

華容已經累極，坐在沙發，雙手掩住胸，就那樣入睡。

她看到年輕的王先生走進電梯，向她招手：「你也一起」，她靦腆跟進，這樣，跟足廿年。

第一次握手也很自然，她握得很緊，遇溺者往往把拯救者拉下水底，幸虧王先生浮力強大，帶她升上水面。

年輕美麗的她叫王先生心花怒放。

夢中看到自己戴着鑽石鐲子的手臂，還似嫩藕一樣。

門鈴響。

七姐開門，見站着穿西服的戚家楣，真正眼前一亮。

他梳洗過，頭髮三七分界，白襯衫配領帶，不過仍穿着球鞋。

「呵，戚先生你如玉樹臨風，你常常作此打扮才好。」

「今日我兩次面試，穿好些。」

一逕走入找華容。

華容走出，雙手扶住戚家楣，細細看他。

真是漂亮，她撫摸他臉頰。

「坐下，告訴我面試情況。」

「嘿，再不急起直追就要墊底，看，這可能是我未來上司。」他取出電話讓華容看，鏡頭指着一個苗條穿白襯衫卡其褲背影，「這是蘇華博士，自美返國協助建設。」

只看到小半邊臉，十分瀟灑，眉毛為着禮貌起見，並無正面拍攝，他語氣興奮，是次面試想必愉快。

放大來看，蘇博士頭髮束成髻，可以看到耳垂扣着一枚安全別針當耳環，抑或，是一副設計成別針那樣的耳環，頂尖時髦。

「她邀請我往內蒙繼續工作。」

不是說寧在本市大學教書嗎。

當然，他有他的事業，他有他的前程。

華容微笑點頭。

「原本合約一年，說到九個月，華容，我們先註冊結婚，然後我前往工作，你說如何。」

「幾時動身。」

「隨時，他們對我印象上佳，願意有限度等候。」

他是來道別的嗎。

「那你盡快歸隊，那邊氣候如何，需帶何種行李，七姐與你準備。」

「師姐蘇博士說要備大量內衣及羽絨大衣。」

華容替他高興。

「我們立即在網上登記，預約主禮員到家主持儀式，七姐，你與殷律師任證婚人，好不好。」

七姐不出聲。

華容緩緩說：「你去了回來作打算未遲。」

「為什麼還要拖延。」

「因為我要準備嫁妝。」

「人過來就行。」

「男女想法不同，最低限度，要有一副健康身體。」

戚家楣沉默。

「另一份工作是什麼。」

「寫報告，教學生，比較沉悶。」

華容相當幽默，「可有未來上司照片。」

他也悄悄拍下，那是一個胖胖中年女子，髮如飛蓬，華容不禁笑：差遠了，眉毛的選擇十分正確。

當下他緊緊擁抱華容，「我還有些事要辦，稍後再來。」

七姐說：「吃了飯才走。」

「呵，七姐，起碼有好幾個月吃不到廚子好菜。」

他忽忽出門。

屋內主僕二人沉默良久。

「算是有誠意。」

華容仍然微笑，「我明日入院檢查的事，不要與他說起。」

「為什麼不教他負些責任。」

「七姐，我不會與他結婚，我不要他負責，我就是喜歡他活活潑潑高高興興樣子。」

「你不讓他走進你的世界。」

「正確。」

「猜想你從未在他面前提過王先生。」

華容駭笑，「王先生是我私事，為什麼要把個人往事加諸別人身上造成壓力。」

「太太，你思想先進，我不明白。」

「真的，七姐，你得改稱呼了。」

「叫什麼，華女士、華小姐？」

晚上，戚家楣與她通電話，「我想好了，蜜月旅行我們乘火車經西伯利亞到歐洲，再轉東方號快車回轉。」

華容唯唯諾諾應酬。

「今晚，超級藍月與全食紅月同時出現，可惜亞洲看不見，北美同事正把壯觀傳來，下一轉要等到二零二三年。」

她仍然以那個姿勢坐沙發休息。

驚醒，覺得冷。

七姐勸她回臥室，她不願，七姐取出電毯替她蓋上。

「為什麼如此冷。」

「太太，春去秋來。」

說罷，她先落淚。

第二早，伍醫生依約前來。

華容叮囑七姐，「眉毛如找，說我外出購物。」

她由司機護送。

這手法妥當，少了七姐，她少卻負擔。

但司機亦戚戚然。

華容笑，「男人老狗，學人傷春悲秋，你幾時拈花吟詩。」

伍醫生失笑，他原先斯文拘謹，今日自在得多，「真怕你退縮，請這邊。」

看護替華容換袍子，她始終保持笑容，護士輕輕説：「華女士皮膚還這樣好，請問有何秘笈。」

華容啼笑皆非，她還關心這個？

「是否要用昂貴護膚品，抑或燕窩蟲草進補。」

華容不忍她失望，「也許是遺傳，不過睡眠充足相信重要。」

「令堂也膚光如雪？」

華容不知道，她沒見過她。

準備妥當，又做了一連串檢查。

伍醫生在鄰室金睛火眼那樣凝視熒幕顯影，他一聲不響瞪視，忽然之間，喉嚨發出嗆窒咯咯聲，他站起，對助手說：「我出去一會」，走到門外，已忍不住淚流滿面。

女助手輕輕說：「不可能，散佈如此快速，已蔓延全身，無處不在。」

男助手頹然宣佈：「已無法治療。」

那邊看護扶華容起身，把衣服給她，「華裔喜服中藥，可是一種草藥。」

華容莫名其妙。

「您的美麗皮膚。」仍纏住她這問題不放。

「呵，靜靜告訴你，每次拿一根新鮮西洋參煮白米粥。」

「謝謝女士，謝謝女士。」

這時伍醫生臉色如常走近，替她穿上外套。

他說：「我們往中藥部。」

華容微笑，她喜歡中藥優雅獨特香氣。

伍醫生陪她到中醫部，同事並不穿中式長袍馬褂，而是一中年婦女，一見華容，請她坐下，即刻望聞問切，並且把脈。

「家中可有人煎藥」，「有」，「需照足方子」，「明白」，「以前可看過中醫」，「從不」，「最近呼吸可暢順」，「有種提不起氣感覺，不想說話」，「睡眠呢」，「其實是整夜醒着」，「可是思念甚多」，「把往事從頭到尾想一遍」，「是否坎坷」，「不，算是順景」，「我給你開藥」。

華容道謝。

這一下，在醫院逗留近半日，遠遠超過原先承諾的兩小時。

七姐在家等急，已經找到醫院。

她看着伍醫生。

「可是——」

伍醫生點頭。

七姐此際反而鎮定，「應該怎麼辦。」

「回家休息，使她盡量開心，不可視她為負能量，如果照顧困難，加添人手。」

七姐吸一口氣，「怎麼會如此。」

「恕我沒有答案。」

「可否瞞着她。」

「今日做法是一定要讓患者知道自身命運，即使只有五歲，也得實話實說。」

「是否由醫生告知。」

「這正是醫生最可怕的任務。」

「那我該怎麼做。」

「你大可佯作不知，直至她清心直說。」

「會不會是儀器出錯照錯。」

伍醫生鼻子通紅，「我也希望如此。」

「殷律師那裏——」

「我會同她說。」

那天，回到家，七姐告訴道：「戚先生有電話，說他明天下午十萬火急出發，奇也真奇，滿天星斗億萬年長駐蒼穹，又不會逃跑，他這麼急幹什麼。」

因為，再不跑，就跑不掉了。

「這大孩子計劃沒細節，要結婚，最低限度知會父母，他雙親仍在生可是——」

華容已經盹着。

其實她已試過乘東方號快車，與王先生兩人，一上車就暈車，他比她更厲害，訴苦：「人生已夠顛簸，還來這個」，盡快下車，發覺身在伊斯坦堡，真正異國風情，到處有人吸水煙與賣零碎紀念品，伊斯蘭教晚唱吟哦，華容買一套民族紗裙，邀其他兩名少女跳土風舞娛樂王先生，年輕的華容生硬扭腰，份外可愛，王先生拍手呵呵笑。

同華容在一起，迷途也樂趣無窮。

對王先生來說，世上只有一種文化與文明，那即是替他賺錢的商業社會。

深夜，她醒轉，在旅館露台看到整天星光，密密麻麻，點點閃爍，針插不入，與想像中疏落有致大不相同，她詫異，想喚王先生一起觀賞，但一看他，正沉沉憩睡，不便打擾，作罷。

走近床邊，看到王先生側睡的臉皮膚往一邊墮下，形成皺摺，自他年輕時照片得知，他也曾是俊朗男子。

今日華容舉起手，皮膚也會往下墮，一道道極細像喬其紗般皺紋，她往往凝視良久，發生什麼事，這是幾時開始的事。

第二早，發覺七姐親自蹲後露台煎藥，一隻小電爐上放小小中式瓦藥罐。

「為什麼不拿進廚房。」

「這裏比較透風，免得一屋藥味。」

「我還是聞到，鄰居可會投訴。」

桌上放着一隻鬧鐘，這時響起。

「要空肚飲下。」

一嚐，腥苦無比，怪不得要陳皮梅過口。

鄰居派傭人敲門，問可是煮焦食物。

七姐帶着水果糖果過去道歉解釋。

殷律師到了，坐着不出聲。

半晌開口：「伍醫生找過我——」

華容輕輕說：「你不必多講，我都明白，你看你如喪考妣的樣子，便知我已病入膏肓，還有多久。」

「不確實。」

「說。」

「半年至三年，很難說。」

「可要做化療。」

「只需休養。」

「我都知道，你看，那班人齊心合力終於咒死了我，我得把公司事務處理妥當，免叫他們憂慮。」

殷律師淚如泉湧。

「哭什麼，又不是我個人專利，將來汝體也相同。」

殷律師慘澹問：「你不怕——」

「記住，不宣佈，不設儀式。」

殷律師一一記下，好讓華容簽署。

「公司股份如何處置。」

「紐律師的意思是，交還基金管理。」

「盡快辦理。」

「你私人物件——」

「沒有承繼人，你與七姐分掉算。」

「戚家楣那邊。」

「他有雙手雙腳，他那種狂熱科學家，根本把物質看得甚輕，七姐按時做菜送他，他已經心滿意足。」

「容你看人很準。」

「來日他結婚，送他們適當禮物。」

她倆沉默。

華容忽然嘔吐，把藥茶全部吐出。

不久，紐律師也到了，華容正式簽署文件。

她說：「早些做，省下多少煩惱。」

「四子知道沒有。」

「他們消息一向靈通。」

果然，要求探訪的電話紛沓而至。

七姐回答：「太太只需要休息，多謝你們關心，不，她不打算結婚，是你們多心。」

華容說幾句。

「啊，太太問：你們四家之中，可有嬰兒。」

「最小的已經十歲。」

「那算了。」

過兩日，明敏的王恆叫保母帶一對雙生子前來探訪，一進門，便聞到一陣乳香，嬰兒媽媽笑說：「太太可是想看看幼兒，我是王恆的小姨，太太叫我安琪便可。」

華容與殷律師都趨向前看，健康嬰兒全是上主傑作，兩嬰一模一樣，兩粒豆一樣，穿着工人服，小眼小鼻小嘴，不算漂亮，但可愛趣致。

這便是生命之初。

無知無覺，快活無邊，吃了便睡，睡醒再吃。

華容輕輕抱懷裏，其中一個打呵欠，這樣簡單動作都叫大人高興。

傭人乘機讓華容再喝藥茶。

不久，七姐拿出紅包，「這是見面禮。」

「哎呀——」

「下星期有空請再來玩。」

這當兒伍醫生沒閒着，每日自醫院下班便專注在電腦上尋找全球醫學界新療法。

他有空便探訪華容，教她下棋，自獸棋開始：「蛇怎可吃象」，「人心不足蛇吞象你聽過無」，在這種情況下，不得不讓步。

中藥叫華容睡得較穩。

嬰兒每來一次都像大許多，華容替他們拍照為記。

忽然，大雙會得坐起，呵，人類邁前第一步，不再是一團糯米，可以面對面直視大人，十分奇妙，然而胖頭仍然擱肩膀上，不見脖子。

七姐喊：「小雙變雙眼皮，好漂亮！」

王恒報喜訊：「蘭兒要結婚了。」

「恭喜恭喜。」

「她母親很不喜歡那讀法律在政府工作小子，說他醜，家境窘。」

「噯，有志氣便好。」

七姐悄悄說：「太太健康欠佳，不便出席喜筵，這裏有兩盒首飾，給蘭兒做嫁妝，你看看。」

盒子打開，連見慣世面的王恒都啊一聲。

「還有一份屋契，在紐律師處，給蘭兒做嫁妝，寫她一人名字。」

「我也替女兒準備了一些。」

「大官，爹有不如娘有，娘有不如己有。」

「是，是。」

蘭兒與未婚夫拜訪華容。

那男子的確相貌平平，不知怎地，說話有懶音，幾個音不清楚，聽他說，家裏住政府廉租屋，憑一己之力，讀好法科，考入政府，現任助理律政司，可算年輕有為。

華容大大稱讚一番，蘭兒好不感激。

他們離去之後，華容說：「多年媳婦熬成婆。」

七姐微笑，「戚先生天天有訊。」

「可是越來越短。」

七姐不出聲。

一日，大雙忽然開口叫人，「阿——嫲——」

「誰？」

他胖胖食指指向華容，「嫲、嫲。」

華容心花怒放，「呵是，不管稱呼對與否，我是嫲嫲。」

「好像應是太嫲。」

「喂！」

華容的病並無惡化。

眾人想鬆氣，又不敢。

中醫和藹可親，藥方已換過三次，每次細細把脈，表情不慍不火，看不出就裏。

華容很斯文，不發問，過一日是一日。

「誰不是過一日算一日，甚至是過半日算半日，上午不知下午的事」，殷師這樣說。

「可是，一般人總約莫有個概念。」

「錯！一絲也無，聽天由命。」

殷師問伍醫，「可是死馬當活馬醫。」

伍醫不悅，「醫生從來不用類此字眼。」

「能夠穩住病情就很好。」

一日，華容無事，走近藥罐，好奇，打開一看，只見藥渣有白色一團，咦，何物，看仔細原來是泡漲了的蠶蟲，嚇得她退後，打爛藥罐，指着叫：

「可怕，可怕。」

七姐連忙趕進安撫。

她自稱吃蠶的女子。

然後，記性漸差，兩個女傭的名字常喚錯，馬莉變璜妮泰，或是相反。接着，叫其中一個安妮，傭人也答應，雙生子母親來了，華容也叫安妮，都識趣不予更正。

七姐看在眼內，都告訴殷師。

「還有什麼現象？」

「穿戴整齊，走到門口，卻忘記外出為何，去見醫生，只說『不是昨天才去過』，跟着問『為什麼要看醫生』。」

殷師大吃一驚。

「上午與下午不銜接，以為過另外一天，鞋子放書櫃，書本當枕頭，像一個孩子。」

伍醫生說：「全是失智症先兆。」

「太太人極靜，故此，不留意不發覺。」

「還認得你否。」

「她認得我。」

殷師答：「華容也知道我是誰。」

「漸漸會得退化。」

「需要多久？」

「我不能回答。」

殷師動氣，「去你的什麼都不知道，做西醫倒也不難，百餘年只治好幾種傳染病，其餘莫名其妙，先把病人身體打開瞧瞧。」

「太不公平，難道律師可保社會無罪犯。」

華容聞聲出來，「你倆吵架？為何臉紅耳赤。」

殷師靜一靜說：「華容，伍醫讓你入院檢查。」

華容回答：「不去，別再勉強我。」

「病向淺中醫。」

「不要再操縱我。」

終於還是走一趟，掃描打出，伍醫心中有數。

事後，坐進車子，華容忽然說：「不是要做檢查嗎？」

七姐臉色發青。

誰知華容哈哈笑，「你們當我真的失憶，哈哈哈。」

七姐怔住，一點也不覺得好笑，淚流滿面。

「對不起，對不起，不再開玩笑。」

可是，回到家，仍然穿着拖鞋找拖鞋。

殷師問情況如何。

伍醫答：「奇異現象，無可解釋，身體各部份密佈壞細胞有顯著減少現象，腦部海馬記憶部位卻有新增，妨礙記性。」

「可是終究會連自身是誰也忘卻。」

「要靜觀發展，我已把個案詳細記錄。」

殷師說：「她心情不錯。」

「這是華女士最難得之處，她從不愁眉苦臉，她樂天知命。」

「我會多陪伴她。」

「她有你這個知己，我覺寬慰。」

她們的天空，當然不再蔚藍，已蒙上灰影。

正當這個時候，百上加斤，戚家楣忽然出現。

他在飛機場才知會七姐，「我臨時有假，即來探訪。」

七姐急急告訴太太。

華容歡喜，「好呀，準備茶點，我先去更衣。」

戚家楣乘朋友車子來到門口。

七姐問：「朋友也一起進來喝口茶。」

「不，她在門口等我。」

那即是說，不會逗留很久。

華容打扮妥當，坐在書房，戚家楣忙不迭上前問候，近視華容，卻怔住，她體態雖無太大改變，卻神情呆滯，微微含蓄注視。

他握住她雙手，三個月不見，不知如何開口。

只聽得她輕輕說：「好一個英偉的年輕人。」

聽見熟悉讚美，戚家楣恢復笑容。

他把她手貼在臉龐一會溫存。

「七姐，有什麼好吃的。」

傭人端一大盤素餃出來，華容也吃兩件。

那戚家小子仍然如初見般俊朗瀟灑，熟不拘禮，大聲說話，興高采烈。

——「我只回來三天，仍住宿舍」，「建設發展理想，我終於有用武之地」，「上頭接受我的意見」……

華容一一耐心聆聽。

這時，街外傳來汽車喇叭聲；誰，如此不耐煩，戚家楣尷尬。

七姐開門走下，看到那輛紅色小跑車，心中有氣，提高聲音斥責：「你！出來，你是哪家孩子，恁地無禮，如此鼓噪，吵醒幼兒，驚動老人，豈有此理！」

那司機連忙下車，「對不起，對不起。」

原來是一標致少女，穿極窄破牛仔褲，大毛衣，笑嘻嘻，吐舌頭，「我催眉毛。」

她也叫他眉毛。

七姐沒好氣，「他正與大人說話，你靜一點。」

「是，是。」

回到屋中，殷師問：「可長得好看。」

「並非美人，只是年輕。」

只聽得戚家楣說：「我此刻去國子監見教授，明日再來。」

傭人替他把餃子打包，他也不客氣，又吃又拎，忽忽走路。

自露台看到，他上了紅色小跑車，呼嘯而去。

華容靜靜坐着。

過一會說：「誰家母親養得如此英俊聰明年輕人。」

殷師忍不住，「那是眉毛。」

華容微笑，「多麼別致名字。」

「華容，眉毛來看你。」

華容答非所問，「真難得。」

殷師與七姐面面相覷。

兩人走到露台。

——「也許又在唬嚇我們，佯裝什麼都不記得。」

「不可能連戚家楣也忘記。」

「忘記有什麼不好，不該記得的統統應該忘記。」

「說是這樣說，可是真的全部忘記，那——」

「能有選擇性失憶就好了。」

「然而，太太還記得王先生嗎？」

「不要試探，聽其自然。」

七姐雙手顫抖。

進房，看到華容翻箱倒篋，一額汗找東西。

「太太找什麼，我幫你。」

「我的制服呢，明早要上班，制服在哪裏？」

七姐連忙說：「你先休息，我知道在何處，我替你熨好。」

她讓她喝藥，華容沉沉睡着。

人家說：那人已經落形，只不過剩過去的他一道影子，華容幾乎連影子都沒有了。

不過，第二早，戚家楣來訪，她正游泳，看上去又不覺異樣。

泳池裏有鄰居幼童，還有大雙與小雙，各自穿着漂亮泳衣，由保母照顧，嘻嘻哈哈，快活無比，華容也是其中一分子，活躍地教孩子們浮水。

戚家楣蹲在池邊，同她說話。

華容一臉笑意，「別客氣，你也一起游。」

他把她拉上，替她披上浴衣，抱住她。

戚家楣已見過殷律師，知道華容病情。

當時他怔半晌，忽然哽咽，找不到適合字句，終於這樣說：「我心如刀割。」

殷師說：「記住，她比我們想像中開心。」

果然如此。

回到室內，戚家楣說：「我給你介紹朋友甄明媚。」

是那個吧吧聲按跑車喇叭的女孩。

華容細細打量，「你們是一對。」

那女孩笑：「尚未，希望快了。」

七姐惶恐，怕華容有不良反應。

但是華容神情自若，「打算在大學工作吧。」

明媚女孩答：「正是。」

華容說：「我要更衣休息了，你們請吃點心，隨便玩。」她站起。

戚家楣不捨得，又上前擁抱。

更衣出來，兩個年輕人已經離去。

七姐說：「很親切的說一回子話才走。」

殷師說：「帶走一鍋五花肉燜芋艿。」

七姐說：「如今年輕人都不入廚房，也沒有廚具，順便在街上買到什麼就吃，可憐。」

「可是多了時間做學問，個個是大學生。」

「太太怎麼看。」

她輕輕說：「眉毛是該有那樣活潑可愛女友。」

殷師一怔，她的記憶彷彿全無問題，完整得很。

「那樣，才可以一起白頭到老。」

「說不定只得一季。」

「一季也好，已可欣賞花開花落。」

鄰居關懷，問七姐，「你家美麗的太太好些沒有，我們仍聞到藥香。」

「還算穩定。」

「我們看到她游泳，孩子們喜歡她。」

七姐點着頭，借故走開。

真叫人心疼，七姐黯然。

一日，殷師輕輕告訴：「……結婚……」

華容以為她說蘭兒，「是，都結婚了。」

「不，戚家楣將與甄明媚小姐結婚。」

華容一怔，忽然叫人：「安妮，替我斟杯熱茶。」

近些日子，她叫每個傭人安妮，一聲喊，起碼三個人一起答應。

「他不是在莫斯科嗎。」

「他在內蒙，她在加州理工。」

「那可是相差八千里路。」

「有緣千里相會。」

「她也是天文物理專家？」

「我問過她，唉，她那科更加稀罕，她唸生物化學，她與一組同學研究鯊魚的皮膚。」

「啊？」

「原來他們一早發覺鯊魚皮膚不沾細菌，故此從不患病，也不會潰瘍，他們研究結構，模仿其分子，搬到人類生活應用，像醫院學校各種公眾場所設施，保障衛生。」

「多麼奇怪。」

「這是甄小姐的博士論文。」

「結婚了。」

「是，甄小姐娘家慷慨賜贈妝奩，生活不成問題，以後兩人可繼續學術研究工作。」

「下次又做什麼。」

「據說要學習樹葉製造葉綠素功能種入人體，作為全球糧食。」

華容聽了哈哈笑，「多妙，屆時只需陽光與水，世界沒有饑荒。」

他們會是最快樂的一對，唉。

「我們都是俗人，唉。」

華容一直含着笑意直到日落。

翌晨，一直堅持是星期五，她看醫生的日子，七姐說：「太太，才星期四」，並且取來報紙給她看，她仍不甘休，「是昨日的報紙」，終於，要看電視新聞報告，她才頹然接受。

七姐陪她四出散步。

看到一對年輕人，她指着他們說：「戀愛。」

人家聽到，腼腆急步走遠。

華容又微笑。

散步到教會門口，慈善食堂正在派粥。

「好香，」華容說：「我們也排隊吃粥。」

七姐急，「太太，我們回家吃。」

她不聽，排在後邊，很快輪到一碗，她見流浪漢坐石階上吃，她也走近，笑笑坐下，吃得香甜，七姐急得流淚。

不一會司機趕到，一看，鼻子發紅，扶起太太，進入車廂。

下雨了。

華容對七姐說：「一下雨，全身關節痠軟，十隻手指不靈活。」

「是，是。」

車子到家，美容院派人來替華容整粧，小睡片刻，似像恢復精神。

她坐着看七姐修剪盆栽。

門鈴響起。

七姐立刻應門，她像是知道是什麼人。

果然，門外站着戚家楣，他一個人，甄小姐並無同行。

他一逕走到華容面前，蹲下，深吻她手。

「你來了。」

華容撫摸他柔軟濃厚頭髮。

她忽然說一句奇怪的話：「你媽媽呢，你有空要多陪她，長輩一下子在，一下子就走。」

戚家楣悲慟，華容分明已不記得他是誰，她對他有印象，知道是一個極親熱的人，但一時想不真確。

他輕輕說：「我要結婚了。」

「那是喜事，為何流淚。」

「我捨不得。」

「要妥善愛護妻子。」

七姐取出首飾盒子，「這是太太賀你們新婚之禮。」

「我不可收你名貴禮物。」

盒子打開，卻是一枚粗糙金屬指環，啊，她還保存着，它正是那枚吉卜賽人所贈的指環。

戚家楣渾身顫抖。

華容輕輕說：「你拿回去吧。」

七姐又給他一隻盒子，「太太說，甄家有頭有臉，你也不要失禮，這條項鏈，太太沒有戴過，現在轉送甄小姐。」

戚家楣伏在華容膝上不能言語。

華容輕吻他頭頂。

「太太要休息了，你公私兩忙，生活新階段已開始，以後不必常來探訪。」

華容送他到門口。

司機載他離去。

關上門，華容問，「禮物，是殷師準備的吧。」

「正是。」

「那孩子，恁地依戀。」

「太太，你記得他是什麼人？」

華容雙目忽然清晰，「七姐，他是曾經向我求婚的戚家楣。」

七姐答：「是，是。」心酸。

「可是，今日又與甄小姐結婚。」

七姐連忙解釋：「他年輕，他得成家立室，生育子女，傳宗接代。」

「孩子們如果像他，那真可愛得不得了，囑他抱來看看，不過，我們已有大小雙兒慰寂寥。」

「對，言之過早，還是不要麻煩他們。」

「七姐，你要原諒戚家楣。」

「他沒有對不起我，不存在原諒與否，」又添一句：「世上像他那般年輕人，車載斗量。」有點激動。

華容微笑，「你希望他照顧我。」

七姐不出聲。

「多久，一年，三年。」

「你照顧王先生三年。」

「那不同，我與王先生是老式人。」

殷師冒雨探訪，「今日星期五，要赴醫院。」

她也記錯日子，也許真是年紀關係，也許是人忙事多。

華容哈哈大笑。

「咦，戚家楣沒取走禮物，我給他送去。」

「收到請帖無。」

「他們不請客，科學家不介意細節。」

華容說：「當年王先生要誇張婚禮，我劇烈反對，此刻倒有點後悔，至今不少人以為我只是女友身份。」

「不會啦。」

今天，華容記憶力極佳。

星期五終於來臨。

伍醫生與中醫師會診。

伍醫辦公室有燈壁，上面貼着透明造影，華容走近看，伍醫連忙關燈，華容眼快，已經瞄到。

「這是我腦部，一邊全黑，什麼意思。」

「不是你，是一個幼童。」

「他腦子怎麼了。」

伍醫生答：「與你無關，你且坐下。」

「告訴我。」

伍醫生只得重新開亮燈光，他痙攣，一天達十多次，左邊腦部切除後不藥而癒，而且，發覺右腦漸漸左移，填充左邊虛位。

「呵，各種功能可有恢復。」

「正在觀察。」

「我也是觀察個案可是。」

伍醫生不瞞她，「正是。」

「我可是時好時壞？」

「你一直穩定。」

伍醫生安排她做檢查。

事後在診室把脈，中醫輕輕說：「巴西有一個醫生，」殷律師接上：「巴西醫生一向大膽，他們經費與儀器均不足，不得不採取極端另類手法，在沒有空氣調節及到處血漬鄉間診所為病人摘除一半心臟，一次，有醫生到美國傳揚該種手術，被聯邦密探阻止。」

「殷律師請聽我講完。」

「我不會允許華容到阿瑪遜流域，她不宜遠行。」

醫生有氣，「你管法務，我管醫療，互不干涉。」

華容不得不開口：「請勿為我爭執。」

伍醫生坐下：「華容，我陪你走一趟。」

華容看着他，「你怎麼走得開。」

「我積貯假期已有整月。」

華容看着他老實面孔，這樣說：「醫生老是覺得醫活每個病人是天生任務，這種壓力真非同小可。」

中醫說：「我與伍醫生可陪華女士一起出診。」

殷師冷笑，「對，不如組織一個探險旅行團。」堅決反對。

華容笑出聲。

「華女士，你本人意向如何。」

「少年時我最嚮往南美異常風土人情，像他們的嘉年華會及膜拜死神之類，但此刻實在不想勞師動眾。」

殷師鬆口氣，「華容你並不糊塗。」

華容呵呵笑着告別。

經過兒童病房，孩子們與華容一樣，不覺愁苦，慷慨就義。

華容與他們招呼，剛巧有護士帶着犬隻探訪，華容喜歡，七姐鼓勵：「不如我家也養小動物。」

華容搖頭，「養着養着，我撒手而去怎麼辦，聽說有主人病逝，小狗在屋內逐間房找人，多麼痛苦。」

七姐不再敢出聲。

回到家，華容找巴西資料閱讀，不覺到黃昏。

她走出書房，揚聲：「安妮，王先生回來吃飯否。」

七姐連忙迎上，「太太想吃什麼，我替你準備。」

「我仍吃粥。」

「醫生囑多吃肉。」

「那麼做蹄膀，給眉毛送一盤去。」

「明白明白，太太且先休息一下。」

「我是否睡得太多。」

「才不，來，先服藥。」

「王先生老說中藥是巫道，南美也有巫師。」

這時王恒帶着燕窩人參來訪。

華容怔半晌，像是不認得，但，知道這人有求而來，避而不見。

七姐靜靜打發王恒。

王家長子說：「蘭兒懷孕，是男胎。」

七姐歡喜，「哎呀，王家第一名孫兒，恭喜恭喜。」

「將來，大約也是公務員吧。」

「大官，首長也是公務員。」

「不知怎地，我只覺升做阿公，生命已近黃昏。」

「大官你別得福嫌輕。」

「你太太升級為太婆。」

「蘭兒可說她希望得到何種禮物。」

「現時年輕人對一兩斤金飾不感興趣，不但要房產，最好在外國大城市。」

「唷，這可得與殷律師商量。」

王恆欲進故退，「不要去理她，看那嬰兒是否討人歡喜再說。」

殷師說：「聽說王恆在倫敦SW1區給新女友買了公寓。」

「不是他，是王頤。」

殷師答：「一開例子，所有毫無關係小輩都送了又送，還得了，華容已退回公司股權，她又不是沒有可能活到八十，要小心行事。」

七姐說：「最要緊是速速替蘭兒找一個可靠經驗保母作為賀禮。」

「說得對，立刻處理。」

華容坐在書房，對牢巴西大地圖發獃。

世上已千年，這四年發生多少事，年輕人成家，新生兒長大，胎兒快要降世，連家宅都比從前忙碌，只有她，漸漸在這世上消逝，記憶先告辭，越離越遠，且先後次序掉亂，不過有一個好處：她越發不計較細節，整日笑這露水的世。

殷律師在辦公室接到遠方信息：「你好，我是巴西利亞大學醫科教授陳赫，我倆共同朋友是伍醫生，方便面談否。」

語音年輕帶笑，相當可親。

殷師猶疑一下，按下視像掣。

「殷律師，久聞大名，如雷貫耳。」

殷師聽得俗語啼笑皆非，此君普通話流利，只見一個年輕男子，穿運動服，身邊擠着一隻只得一隻耳朵的小狗，牠也想對講，鼻子貼到視像上。

年輕醫生異常英俊，一頭可愛鬈髮，上天對有些人的確特別恩寵，不但漂亮，而且勤學。

他直截了當，「殷律師，請勸你當事人到巴西利亞走一趟。」

「陳醫生，我建議你造訪本市，由我方負責所有費用。」

「伍醫生說你當事人容女士並非不可旅行。」

「長途勞頓，對她不宜，本市醫院工作人員及儀器均一流先進，你可大施拳腳。」

「殷律師，我不妨實話實説，有些新研發藥物及療法，只有在巴西才允許進行。」

「可是獨有藥物不准進口。」

「殷律師是明白人。」

「你對華女士個案有特殊興趣。」

「正是。」

「她不是生物標本。」

「殷律師，我不是怪醫，我是牛津醫學院博士，你可查究，我到巴西是因英法德及北美醫科有極大所謂道德限制，像一直不批准胚胎幹細胞治療法，我還需要説得更多嗎。」

「你那無拘無束研發為上的指標叫人戰慄。」

「請讓我與華女士一談。」

「我要保護她。」

那獨耳狗一直把鼻子貼視像屏上，真搞笑。

「我是一個正常醫生。」

那陳赫越是如此保證，殷律師越是不寒而慄。

「陳醫生，華女士樂天知命，我們談話至此為止。」

她熄滅視像。

伍醫生說：「陳赫失望。」

「他年輕不羈。」

「陳赫已過三十，他享有盛譽，他領導小組研究人類肢體重生。」

「接着鑽研更換人頭。」

伍醫生忽然笑，「你猜到了。」

殷律師覺得她與時代脫節。

從前，廿多歲結婚不算小，今日，廿多歲在學術上有突破成績也不算小，方向全然相反。

「請相信我們。」

「你今晚到容家吃飯吧。」

伍醫生要把握機會，他有一份重要報告要寫。

華容說：「安妮，伍醫生來了。」

七姐連忙安排晚餐。

華容陪坐，輕聲問殷律師：「戚家楣可好。」

殷律師答：「年輕人，沒記憶，沒過去，一定非常好，一下子適應新生活，愉快地渾渾噩噩。」語氣非常諷刺。

伍醫生不出聲，香露筍炒雞絲實在太美味。

「伍醫生，你彷彿沒有感情生活。」

「殷師說得真確，女生覺得我人才不出眾，不懂跳探戈，又不會烹飪，連穿衣也不會配搭，又無打算自開診所，故此不屑。」

華容微笑。

社會風貌有極大轉變，倒是她這個半老半中女性，不諳也不理世事，與友人吃飯聊天説説笑笑，又不愁開銷，悠然生活。

她説：「一日，看到一件漂亮的擺設，想扁頭也不知是何物，問七姐，她也不知道。」

她取出一隻盒子，打開，裏邊一紮精緻紅絲繩，還繫着銀鈴。

伍醫生也納罕，「這是什麼，可在互聯網一查。」

殷師臉色微變，岔開話題，「安妮給我一杯茶。」其實傭人中根本沒人叫安妮。

那天下午，伍醫生語氣苦澀告訴殷師：「我知道那束紅繩是什麼東西，用來何用。」

殷師答：「我也是才知道王老先生有類此怪癖。」

「他的女伴生涯不易，那老男淫賤。」

「華容好似都忘記了。」

「全部忘記才好。」

「王先生其實厚待華容。」

「至於犬馬，皆能有養，不敬，何以別乎。她不過是他最最得寵戴鑽石項鏈的叭兒狗，女性對他來說，是把玩的一件東西。」

「伍醫生不必太激動，人家閨房發生何事，外人不便置評，況且，王先生已離世久遠。」

「華女士飽受壓迫。」

殷師不再出聲。

「我打算邀請陳醫生來訪。」

「你不得自把自為。」

「殷師，你是代言人，懇請你應允。」

殷師吟哦。

「那戚家楣今日在哪裏？」

「他們在加拉柏哥斯群島。」

「呵我也去過該處，由國家地理雜誌主辦導遊，觀察當年達爾文所見地理生物。」

「夫婦的確要年齡興致吻合，這樣方可夫唱婦隨。」

第二天，華容由七姐陪着外出置新衣。

氣候乾爽，陣陣金風，叫華容恍惚。

她坐上車，忽然想起，少女時初到王氏上班，時時乘紅色十四座位車子，也是這種天氣，坐中間左邊單位，司機對她有意思，叫她「姐姐」，她不予理睬，到站，她輕輕說：「勞駕前面消防局下車」，一直以為生活就如此，一直到七老八十，也不應有憾，她不過吃半碗飯，睡六呎床，要那麼多幹什麼，她並無非份之想。

也不知為什麼，會遇見王先生。

這時，她脱口而出：「勞駕前邊街角消防局下車。」

司機一怔，什麼。

七姐急說：「太太，你講什麼，前邊並無消防局。」

華容一臉茫然。

「太太，你不舒服，我們先回家。」

司機緩緩停車。

華容忽然微笑，「到了嗎。」

「就在隔壁。」

「我見殷師還穿着去年外套，記得同她挑幾件，你也別客氣。」

七姐不動聲色陪華容進時裝店。

有兩位中年太太在店裏挑選衣物，一個對另外一個說：「想穿什麼好穿了，還等什麼」，不管合適與否，挑一大堆。

華容微笑，講得真好，還等什麼呢。

殷師身段比她大一號，她挑選殷喜歡的素色叫人送去。

她試穿一件淡藍色蛹型大衣。

那兩名太太說：「咦，好看，怎麼我們沒見過。」

店員說：「只得一件。」

華容笑，「讓給閣下吧。」

還爭什麼呢。

她只是失憶，並不愚昧。

華容說：「誰的女兒好像懷胎，孕婦要穿得漂亮些。」

「是蘭兒。」

「對，她是老大。」

是項差使順利完成，把人家店裏現貨買走三分一。

店員笑說：「幸虧我們知道那王太太不是水貨客。」

「聽說有病。」

「看不出來，我喜歡王太太，她沒架子。」

上車，司機問：「是回家嗎。」

華容輕輕說：「王先生喜歡吃四五六的生煎包子。」

七姐若無其事回答：「王先生說原來本市生煎包全不地道，真正的生煎指用滾油澆熟，並非在鍋上煎煮。」

「呵，這樣嗎。」

「我們去文華買巧克力蛋糕，大小雙今午也都會來，看他們『呵』一聲爭先恐後吃糕真是開心。」

華容笑着不出聲。

「太太在想什麼。」

「呵，許多好看衣裳此刻已不適合穿着，所以趁年輕大可放肆穿。」

「許多女士有這樣遺憾，為着莊重，不宜太花哨。」

華容答：「我所失去，又不止這些。」

七姐只覺得此刻太太有紋有路。

到家走進書房，卻詫異問：「誰查地圖？咦，是南美洲巴西，誰要去那裏。」

吃完點心，坐會客室看迪士尼經典動畫幻想曲，吃了藥，也就睡着。

夢境十分清晰，她走到王先生面前，沮喪地說：「同事們都升上一級或兩級，只得我十年來動也不動，沒臉見人，每日上班閃閃縮縮，大家佯裝看不見我，也不派工作下來，尷尬死了，幾次三番想辭職，又怕生活沒着落。」

王先生回說：「小容，我不明白，你分明已升到總管。」

華容驚醒，是的，王先生對她真好，她已升級。

她緩緩伸一個懶腰。

大小雙來訪，啊啊啊大聲歡呼，爬上爬落，甚至騎到華容肩上，被七姐抱下，「當心嫲嫲脖子」，他們的母親又懷孕了嗎，華容不敢肯定。

忽然小雙哭，「為什麼傷心」，「我的手髒了」，這孩子，不知前頭路有些什麼，否則，會哭得更大聲。

七姐恫嚇，「再吵，不讓你們玩。」

哭得更大聲。

年輕母親不好意思說：「太太不怕煩吧。」

華容卻覺得倍添生氣。

他們的父親來接，站玄關，華容看見，只覺身段音容熟悉，脫口輕問：「眉毛，是眉毛來了嗎？」

年輕人走近，「太太，我是大小雙的父親。」

華容怔半晌，「哦，你走好。」

伍醫生覺得華容病情加深。

「這樣瞎七搭八，糊裏糊塗，叫人傷心。」

殷師答：「她自己倒沒什麼，幻覺與現實混淆，平常人會吃苦頭，但她是悠閒太太，一切有人安排，從未去過銀行存錢提款，她一直生活在魔幻現實境界。」

「像幼兒，夢境與現實分不清，醒轉還痛哭，殷師，請允許陳赫醫生前來探訪。」

殷師沉吟：「來做客無所謂，請自備盤川。」

「我立刻知會他。」

殷師回到辦公室，有不速之客來訪，她連忙賠笑，「什麼風把紐老師吹來。」

他身邊還有王恆與王咸。

一看就知道與王家有關。

殷師親自遞茶給紐律師，正眼不看王氏兄弟。

「這次又興何種官司，為何勞動紐老師。」

紐律師答：「殷，這次與你有關。」

「我？」

王咸取出一疊文件，「這是你向華女士徵收的本季服務費用單據，請你解釋一下。」

殷師一怔，定定神，「這是我與華女士之間協定。」

王咸不徐不疾說：「殷律師，你每天開八小時收費，由出門那一刻計算，你並非上庭辯護，或作任何法律服務，長年累月，每季累積近億，實有可疑。」

「我與華女士毋須諮詢別人。」

紐律師答：「錯，你由我授權，而王先生一早叫我監督華女士財務。」

「你非法盜取我與華女士之間法律文件。」

王恒輕輕問：「殷律師，律師公會如知曉此事，會有何看法。」

殷師失去一貫冷靜，「王恒，你公報私仇！」

紐律師這樣說：「殷，請你自動辭去這項職務，即日生效，以免節外生枝。」

「華容需要我照顧！」

「她家中有管家，吃茶購物散心這些，可另外聘人代勞。」

「那些人不可靠。」

王咸冷笑，「殷律師你最牢靠。」

「已收費用我方不打算追究，記住，投訴一到公會，即使定不了罪，你也名譽掃地，見好要收手。」

「華女士心甘情願付我酬勞，每張單據上均有她親筆簽名，她不在乎金錢，她需要我作伴。」

紐律師吃驚，「殷，你身為法律界人士竟說出這樣話來，我給你廿四小時辭職。」

「華容不能沒有我！」

王咸答：「這世界，誰沒有誰不行。」

殷師站起，但膝頭發軟，險些站不穩。

王咸冷笑，「你狐假虎威的日子過去了。」

他們三人離去。

殷師的手簌簌抖，臉色發白。

半晌，她吩咐助手：「我有急事遠行，休假一月，即刻結束華女士戶口。」

助手目瞪口呆。

「立即實施。」

那邊華容讓七姐找殷師，「好幾天不見，發生什麼事。」

七姐回轉說：「辦公室只講殷師急事遠遊，並無交代聯絡途徑，真是奇怪，像潛逃似，並且，她已託人轉讓業務。」

華容似明白，「她是累了。」

七姐反問：「什麼連我們也毫不知情。」

華容微笑，「我們也不過只是客戶。」

「太叫人心寒。」

「是嗎，你我長居冰櫃，尚未適應？」

「太太，以後有事，該找誰？」

「搬家置家具這些，不必勞駕律師，況且，專業人士多的是。」

「太太你能釋然真是好事。」

「都這樣了，還有什麼看不開。」

「為何一夜之間把我們丟下？」

幸虧這時伍醫生到了。

他帶着一個人。

華容看出去，只見一高大熟悉人形，她歡喜說：「眉毛，是你來了。」

伍醫生連忙說：「這是我的朋友陳赫醫生。」

華容啞然，不是眉毛。

她實在是太掛念這個小朋友了。

可是，這樣像。

她連忙招呼客人。

陳赫相貌英朗，笑容可掬，十分留意華容一舉一動。

「又是一個醫生，但願不要把我當標本。」

七姐斟上藥茶。

陳醫生說：「巴西也講究草藥。」

華容微笑，「你聞聞，世上還有更辛辣的藥茶否。」

陳赫取過，嚐一口，皺眉，「唷。」

華容笑出聲。

七姐說：「伍醫生請到這邊用點心。」

「殷師怎麼不在。」

七姐輕輕解釋。

伍生覺得突兀，但事不關己，不好出聲。

華容低聲說：「陳醫生真像眉毛。」

伍醫不大喜歡戚家楣，否認：「陳醫生專注的是實用科學，不一樣，戚先生研究啥子，什麼望遠鏡發現銀河系附近有一顆星體發散奇怪光芒，可能是外星人文明產物，該團光來自天鵝座與天琴座之間的星體KIC8462852……」

華容見伍醫激動，不禁好笑。

陳赫雖第一次見華容，已有特殊好感，她雖然纖弱，但樂觀不似病人，他手頭上有華女士頭顱數百幀造形，她大腦枕頁腫瘤不但長大，而且會得移動，實是史無前例的奇難雜症。

「華女士，我想用在活體條件下測定你神經細胞葡萄糖新陳代謝的情況，瞭解你不同腦區活動。」

華容微笑，「你是伍醫生的朋友，有空請多來坐。」

伍醫頹然。

陳赫卻說：「華容你不可用選擇性記憶推搪，誤導醫生及忌諱檢驗都不是好事。」

噫，伍醫生忽然醒悟：華容可能不是記憶模糊，而是顧左右言他，呵真偽難辨。

華容只是微笑，「一定要我檢查，得問問殷律師意見。」

伍醫生答：「殷律師已經請辭。」

「我沒有訂酒店，我在華宅留宿。」

七姐連忙說：「這不方便。」

陳赫不氣餒，「我要留意華女士一舉一動。」

伍醫生說：「不怕，七姐，我也留宿。」

陳赫問：「以前為什麼不詳細觀察。」

「有一個律師百般阻撓。」

「那管家也十分威武。」

兩個醫生搬進華宅。

伍醫生早出晚歸，吃得健康豐富，兩個星期就長胖。

陳醫生人在亞洲，照樣替南美病人診症，電腦萬歲。

他有一個小病人，才週歲，天生腦子只得一小半，從照片看去，像一個正常的人頭頂被削去，平平整整，是以智障，沒人認為他會活過百日，但現在居然可以說出類似「我愛你」的語音。

華容看了倒不氣餒，反而說：「大眼睛很可愛，需要捐款否。」

「嘿，所有醫院都歡迎捐贈。」

「我看過你的網頁，你專注內分泌對腦部影響。」

「不錯。」

陳醫生的結論：「阿伍，華容的記性的確略差，但這是一般年長婦女通病：叫錯孩子名字，去到超市忘記要買什麼，我留意到她走進廚房，不知要做何事，糊裏糊塗走出，忽然又回頭，原來要喝茶，這都不算什麼。」

「但還是要檢查近況。」

「我也不可能離開巴西利亞太久，需速戰速決，我有一個看法，阿伍，你我都見過五歲不大會説話的幼兒，不，他們不是未來愛恩斯坦，他們被寵壞，茶來伸手，飯來開口，根本不用費勁講話，我想華女士亦如此，平常生活得心應手，全無動腦筋必要，因此天真稚純一如少女，加上一場大病，更加重徵象，一些女子，廿多歲嫁得好丈夫，事事遷就，也永不長大，驕橫任性永遠不老，動輒鬧意氣。」

「你指是心理問題。」

「我有計劃，第一步，把她帶出世界。」

「赫，她已不久人世。」

「你那麼有把握她一定會在某個日子辭世。」

「陳赫，你處事方式有違常理。」

「我正是那樣的醫生，北美幾乎吊銷我執照。」

「你想如何。」

「運動，每早緩步跑十五分鐘，不讓司機傭人跟在後頭，就她一個人。」

「她不會願意，不如你陪她。」

華容聽過建議，只說：「兩位別再操心了，這樣吧，」她交換條件，「我入院給你們照磁力共振。」

陳赫笑，「華容你真可愛。」

伍醫生立刻接受條款。

兩位獨身年輕醫生會診，引起女性醫務人員興奮，團繞他們團團轉。

醫生只是忙着做好本份。

看到腫瘤縮小，大為訝異，交換眼色，不動聲色。

這人體的總司令部位神秘莫測。

華容輕輕說：「你們說些什麼，我都聽到，別在我背後亂講。」

「華女士，情況沒有變化。」

「那即是藥石無靈，哈哈哈。」

伍醫難過，陳醫卻賠笑。

回到家，特別累，華容喚人，沒有回音。

半晌，一個女傭哭喪臉走出。

「怎麼了，安妮，有話慢慢說。」

「管家開除我，叫我即時收拾走路回家鄉。」

「好端端鬧什麼，是嫌薪酬少嗎。」

「太太，請你主持公道。」

「說。」

「我親眼看到管家把家裏大包小包交予陌生人不知運到何處，我開口問她，她臉色大變，叫我滾蛋。」

華容聽後一怔，隨即笑，七姐在王家長久，而且為人深沉知進退，怎麼會做這樣事。

「安妮，你可是有誤會。」

「管家也說你不會相信我，我只得辭職，太太，請付我遣散費。」

另一個女傭這時出來說：「太太，一切屬實，你要是以為我倆串通，也無法子。」

「七姐何在？」

「她外出有事，太太，我也做不下去。」

華容捧頭想一回，「行，我付你們六個月遣散費。」

她簽出支票，寫錯兩次，終於更正。

「那我們即刻走。」

「再斟杯茶給我總可以吧。」

「是，是，對不起，太太。」

兩個傭人捲鋪蓋離去，華容才想起忘記檢查她們行李，她不懂規矩，家居一切交七姐管理，忽然發覺不妥，手足無措。

數一數，連司機，一共四個人侍候她一名，有事還得找殷師，多荒謬。

市區停車不易，司機不能少，倒也罷了，家居何必那麼多人，從前王先生在，有排場，沒話說，今日只她一個，每餐吃不了半碗飯，有時進廚房，看見下人滿滿一桌子吃飯，覺得奇怪。

這時，七姐還沒有回來。

她走進七姐房間，門沒上鎖，看到她收拾得整整齊齊，沒有什麼雜物，她訕笑，怎麼查起管家家當來了，也太無聊。

一共兩所房間，七姐有私人休憩間，她不便再查探下去，疑人勿用，用人勿疑。

她回到自己寢室，打開衣櫃，才發覺衣物少了一半，有兩件紫貂大衣不知所蹤，她其實不願穿，怕被環保人士淋紅漆，是王先生堅持女子穿皮裘最漂亮。

她又打開抽屜裏小型保險箱，好幾盒寶石項鏈與耳環也都不見。

家裏肯定有人不告自取。

華容一點不覺肉痛失去物質，她只深深悲哀，她一直信任這些人，這些人卻辜負她。

如果是七姐則更加可怕。

她要這些東西做什麼，老鼠貨往往只賣得原價十分之一。

這時，門一響，七姐回來。

見到華容，「咦，太太，你不是在醫院過夜？」

華容見她變色，知道事有蹊蹺，「兩個女傭走了。」

「什麼，你見過她們？這兩個人養不熟，胡說些什麼？」

「她們說沒偷任何東西。」

七姐頓足，「你這就放她們走？我剛到警局備案，以及往薦人館找新幫手。」

華容不出聲。

「太太，你難道懷疑我。」

「的確不見好些衣物首飾。」

「太太，前些日子，誰誰誰結婚，什麼人生孩子，你吩咐我取出首飾相贈，我都有紀錄，一共送出六盒，一日，安琪說冷，你二話不說，把皮裘給她，我曾說：『太太不要隨手送人』，你回答：『我要來已無用』，你都不記得了？」

華容坐下，「是，我要來無用，但七姐，你要來又做什麼。」

「太太，你還覺得是我，我心灰意冷，我也做不下去，你給我退休金及遣散費，我馬上走。」

七姐不再加以解釋。

她已經說出口，東家不便挽留，華容找到一隻計算機，算一算阿七應得退休金，按好幾次，才得到簡單加減乘除答案，她再慷慨加上一倍。

寫好支票，遞給多年老管家。

阿七看了看數字，不禁說：「多謝太太。」

「是你應得，去吧。」

廿多年情誼，三兩句話解決，快刀斬亂麻，一刀兩斷。

阿七略為收拾，挽着旅行袋走到門口，司機推門進來，「發生什麼事，誰說走就走。」

「太太讓我提早退休，與你無尤，你好好做。」

「你讓太太查你行李。」

「我要是不問自取，不會讓你抓到。」

華容說：「讓阿七走。」

華家只剩司機一個幫手。

司機急，「不怕，太太，我替你買晚餐，還有，立刻替你找人。」

華容答：「我自己會做。」

她緩緩走到廚房找茶葉燒開水，雙手顫抖，上次做這種生活基本工作，好像是前世的事，多可笑，世上還有像她那樣的廢人嗎。

一下子眾叛親離，叫她清醒。

她想找蘭兒，但沒有她電話號碼，一向，她只要說：「叫蘭兒來一趟」，終於，她撥電話到王氏公司，「我找王恒先生」，接到秘書處，「哪一位？」「我是華容」，「等一等，接你到助手處」，華容再報上姓名，那助手算得機靈，「你是王太太！」「正是」，「我立刻通報王恒先生」。

王恒意外問：「太太，什麼事。」

華容講不出話，芝麻綠豆小事，勞煩這許多人，怎麼說得過去。

「我想找蘭兒。」

「我馬上替你接過去，太太，你不是有我直線號碼嗎？」

蘭兒聲音傳來，「太太，什麼事，我馬上到。」

「不，不，你腹大便便，不要走動，我只不過想你推薦一名家務助理。」

「我這裏有兩個勤工靈活的人，我立即派一個給你。」

「謝謝你，蘭兒。」

「太太有事儘管吩咐，不要見外，我明日來看你。」

「你莫操勞。」

「就這樣。」

不一會新幫手踏進門，經過嚴格訓練的她，完全知道做什麼，叫華容安心。

傍晚伍陳兩位醫生自醫院回來，見華容一額汗，相當吃驚，問因由，華容説：「人出汗是應該的。」

一輪折騰，又累又餓，華容看到菜式，雖嫌油膩，也吃一點。

她叫司機下班。

司機説：「太太，也許你晚間有事。」

華容忽然活潑，讓司機看她雙腿，「我有腳，我會走路。」

今天，她開除三名傭人，重新學會電話尋人，焉能不累。

伍醫生量完血壓告辭。

「陳醫生，請留步説話。」

陳赫自己動手做咖啡。

他蹲在華容面前，「想說什麼儘管說。」

華容微笑，「你真像一個人。」

「我不會像別人，你也是，人人都是獨立個體。」

「是，是。」

「那個人，有名字嗎。」

這時新傭人走近，「太太，我在工人睡房找到這個。」她手裏拿着一隻小盒子，「我在五桶櫃抽屜角落看見，想是前任工人忽忙留下。」

華容打開盒子，啊，是一副粉紅鑽石耳環，每粒都有拇指大，當然也是王先生所贈禮物，她三十歲生日，抑或四十歲那年。

忽忙間阿七姐忘卻帶走。

她點點頭，女傭退下。

華容轉過頭，剛在說什麼，忽然覺得累，側着頭，盹着。

第二早，她同一姿勢同一地點醒轉，身上多了一條毯子，提聲問：「醫生呢。」

女傭應聲：「天未亮回醫院去了，太太，吃早餐。」

她做的西餐早點，兩蛋煙肉香腸，還有兩塊窩夫餅，華容一天也吃不了這麼多。

司機買來做粥材料。

華容吃一點西式早餐，忽然說：「我出去走走。」

司機不敢阻止，新傭人不知需要阻擋。

華容問她：「你叫什麼名字。」

「華小姐，我叫安妮。」

華容微笑，終於不再是王太太，恢復本姓，終於有傭人真的叫安妮，並非叫錯。

「我在附近小公園散步，半小時回轉。」

她圍上頸巾，穿上羽絨出門。

司機悄悄跟身後，被她發覺，她不說什麼，只是兩手撐住腰看牢司機，他只得轉頭離去。

有一組中童在公園比障礙賽：爬上斜坡，又滑下，鑽過鐵圈，去到吊索，哇哇叫，爭先恐後，不顧遊戲規則，高興到極點，一下子就渾身泥漿。最後障礙是一把繩梯，大約十來級，不容易爬到頂部平台，有些孩子摔下，滾作一團，好笑之至，叫華容目不暇給。

忽然烏雲聚攏，下雨，而且雷聲隆隆，大人叫孩子們避雨，他們都跑到亭子下吃點心休息。

華容見四邊無人，突生奇想。

她在雨中走到繩梯前，忽然伸出雙手，用力握住兩邊，一級級爬上，快到頂，還差兩級，已經乏力，她不認輸，不信力氣還不及七八歲孩兒，掙扎上去，雙手已被繩子擦損，手臂像要斷開，唉，不得不放棄。

正在此際，忽然聽得一把聲音：「上來，用力，你做得到，只差一級，我便可以把你拉上，別放棄，努力！」

一看，是個十一二歲男孩，想必是一名組長，他大聲鼓勵。

「吸口氣，拉起身子！」

華容咬緊牙關，用盡力氣把自己再扯上一格。

手掌劇痛，流血。人像落湯雞。

那男孩吆喝，「把右手給我！」

沒想到孩子也那麼好力氣，把她奮力拉到平台，坐好，華容不住喘氣。

那男孩刷一聲把身上黃色雨衣脫下，遮住兩個人的頭，打孖坐，這時雨已經很大，他做了一件奇怪的事，伸手把華容的濕髮撥向後邊，笑笑說：「小姐，你不是做到了？」

老氣橫秋的口氣像大人，華容心裏好笑，又不敢笑，攤開手掌一看，真的受損流血。

華容說：「我們下去吧。」

男孩說：「你還沒把電話號碼給我呢。」

這時有第三者聲音：「你兜搭我女朋友？」

一看，原來是陳赫醫生。

他前來打救她。

那男孩訕訕說：「先生，不是你想像中那樣。」

陳赫說：「還不快回家！」

男孩立刻取回雨衣奔走。

陳赫也笑，「華小姐，我揹你下去。」

「我自己——」

「別倔強了，華小姐。」

華容伏到他背後，他靈活如猴子，滑下繩梯。

司機氣急敗壞尋至，見醫生在場，才放下心來。

回到家，華容還開心地笑。

這時，天上落貓落狗那樣大雨，撞地啪啪聲，傭人想關緊窗戶，華容阻止。

陳醫生替她消毒包紮手心。

華容衣服頭髮濕透，換過衣服，陳赫已走。

女傭說：「陳醫生取走中藥藥渣，說要化驗。」

都喝了那麼久，不應有事。

現在，華容親自煎藥，小罐子放爐火上，她坐一角一邊看火一邊讀她自己寫的英法遊誌。

第二天手心損傷已結痂。

她一個人出外緩步跑。

那時身後總跟着一大批人，也沒替她們着想，陪一個病人過生活有何意思，現在明白了，她們為着若干酬勞，犧牲寶貴時光。

華容沒有再碰到那漂亮撫她濕髮的小男孩，他長大了一定是個大情人。

她在他眼中，居然還是「小姐」，懂得要電話號碼。

華容回頭看，沒人跟上，她跑到腳軟才坐下，向小販買個冰淇淋吃。

回到家，看到案頭一大疊賬單，有些已是紅色警告信。

她連忙在銀行的電腦網頁討教付款方式。

是極簡單，但她花了整個下午。

也許，該叫王氏企業派一個助手過來。

但不，她想親手做，一次生兩次熟，總會上手。

以前，閒得慌老愁沒事做，原來是她把該做的事通通叫別人做，自己又糊塗找閒事做來消磨時間。

一日，發覺走廊顏色略灰，買來一桶嫩黃油漆，戴上口罩，動手重髹，片刻忘記，背脊往上靠，染了大片油漆。

一個星期五，陳赫一到，便握住她雙手。

「華小姐，我下週五回巴西利亞。」

「醫院急用人？」

「那才是我的家。」

華容看着他，「不捨得你呢。」

「有多不捨得？」

「相當多。」

「多成怎樣，會不會不讓我走。」

陳赫眼神迫切，臉色沉重，像是苦不堪言。

「陳醫生，我是今天不知明日之事的人。」

「誰不是。」

「我的情況又特別迫切。」

「我研究過你的中藥成份，那些，巴西都有，華容，與我赴巴西，我要醫好你為止。」

華容重重吸一口氣，巴西，熱帶原始雨林，國民皮膚深棕色，愛唱歌擊鼓跳舞，顏色鮮艷看久了頭暈的花草樹木鳥獸，天氣炎熱潮濕，不不，她輕輕搖頭。

陳赫捧住她的臉，「不准搖頭，本市已無你值得留戀的人與事，隨我走。」

忽然身後傳來冷笑，「還有我呢。」

是伍醫生來了，忿忿不平站門邊，「你們都要支配她。」

陳赫訕笑，「你這醫獃子，你耽誤病人。」

「華容已有進展。」

華容說：「喂喂喂，兩個醫生別吵。」

這時，門鈴一響，大雙小雙衝入，撲到華容身上，「嫲嫲！」

華容微笑，「看，我也不是全無人無物。」

大小雙的保母說：「家裏大掃除，只得把孩子帶到這裏。」

「歡迎歡迎。」

大小雙看到陌生人也不怕，亮晶晶眼睛盯住研究，又打開醫生公事包，陳赫被逼幫他們聽心跳，又教他們驗血壓。

保母到廚房與傭人安妮研究吃什麼點心。

兩個醫生都沒有告辭的意思。

華容忍不住問：「你倆不是極忙嗎。」下令逐客。

陳赫拉華容到一角，「我要說的已經說完了。」

「就這樣，跟你走？」

「我會保護你。」

伍醫生大怒，「是我引狼入室，華容，別理睬這個不羈的人。」

華容哈哈大笑。

這時，門鈴又響。

又是誰未經預約便大膽上門按鈴。

保母說：「我去應門。」

在門外說了一會，女傭安妮也趨前看個究竟。

「小姐，是你一個叫戚家楣的朋友。」

伍醫生一怔，「請他進來。」

他留意華容情緒。

華容先是怔着，然後，吁出一口氣，「啊，是眉毛嗎。」

門外那人應聲走進。

伍醫生一怔，他知道這個叫眉毛的人，這人的瀟灑與陳赫不相仲伯，可是，一眼看去，他只見到一個大塊頭，這人胖了何止五十磅，變得臉圓肚圓，眉毛也淡褪，伸出手如蒲扇，「伍醫生，你好。」

接着，他朝華容走近，「容，你氣色尚可，身體如何。」

華容怔怔看着他，遲疑，「眉毛？」

一點也沒有記憶中戚家楣的樣子。

多久沒見？半年，還是一年，不，沒那麼久。

她仍然不信這是戚家楣，「眉毛？」

他握住她雙手，「今日真熱鬧，那麼多人在你家。」

華容讓他握住一刻，緩緩縮手。

這一切都看在陳赫眼內。

他問伍醫，「這是誰，容的男友？」

伍醫忽然又與陳赫同一陣線，「只是熟人。」

「他有何企圖。」

「與你一樣。」

他電話響，一聽，「我得回醫院，你也一起走。」

「我為什麼與你同步？」

「你看清楚，那兩個孖生頑童才是華容真男友。」

陳赫一看，果然如此，不禁怒意全消，跟着伍醫離去。

這時，大小雙問戚家楣：「你也是醫生？」拉住不放。

幸虧保母喚他們，「吃點心。」

有得吃，孩子們立刻往別的方向出發。

這時，肥壯的戚家楣要求找個地方説話。

「七姐呢，殷師呢。」他找舊人。

「全走了，留不住，現在裁減人手，簡單生活。」

「容，我已與妻分居。」

華容難掩驚訝，「你們才結婚多久？」

「相處不易，拖下去只有痛苦。」

「我覺得你倆極之相配。」

「外人哪知道那麼多。」

「你發福不少。」

「最近嗜吃甜品。」

華容坐得離他比較遠。

戚家楣看着她微笑，「容，你會原諒我否。」

「何事。」

「我作出錯誤決定，我貿貿然結婚。」

華容大為詫異，「那是你的私事，私人選擇，對與錯怎麼會與我有關係。」

這時，孩子們父母來接，沒聲價道謝。

大小雙捧着嫲嫲的臉，左右左右那樣卜卜聲親密吻別。

華容笑逐顏開。

大雙說：「我是嫲嫲男朋友。」

大家哈哈笑。

小雙推開阿哥，「我也是嫲嫲男朋友。」

終於離去，保母留下幫女傭匆忙收拾杯碟。

華容也進廚房相幫，叫戚家楣非常訝異。

他驀然驚覺物是人非。

住宅比從前小得多，尤其是廚房，勉強只得裝兩個人，只見傭人與保母洗，華容抹，彷彿相當熟手，認真匪夷所思。

他怔怔站廚房門，不知說什麼好。

華容沖一壺咖啡出來：「戚先生，請問有什麼話說？」

她彷彿忘記適才已講了不少。

斟出咖啡，「我沒有拔蘭地，你好像喜歡在咖啡裏加些酒。」

戚家楣答：「不，不是我。」

那會是誰呢。

女傭安妮回答：「是大小雙的父親。」

華容點點頭。

她看着戚家楣，「是眉毛吧。」

戚家楣無比淒苦，他以為一輩子，管它長或短，華容都不應忘記他，可是現在，每隔十分鐘，華容便問：你是眉毛？

他按下悲情，輕輕問：「你彷彿很起勁生活。」

「活一天算一天，」華容微笑，「活着要有活着的樣子，自己的工夫自己做，不然怎麼叫幹活。」

「你可以寫一本哲學書。」

華容笑出聲。

容貌是大不如前了，但性格仍然文秀、明媚、溫柔、舒泰、嫻靜，類此氣質在都會中已經找不到，戚家楣忽然嗚咽。

華容看到一個肥壯年輕男子似要飲泣，心想，糟糕，什麼地方得罪了他。

她小心翼翼問：「可要留下吃飯？」

戚家楣搖頭，「我明天再來。」

「你回來本市，住什麼地方。」

「大學有宿舍。」

「啊，那倒方便，媽媽的身體還好嗎。」

戚家楣這時發覺華容瞎七搭八找話題，答非所問，她已不大清楚自己是誰，與戚家楣是何種關係。

她似忽明忽滅的燈泡，偶然接頭，片刻熄滅。

戚家楣震驚，他失去了她。

他後悔得心如刀割。

傍晚，戚家楣輕輕離去。

華宅已沒有他要找的人。

半夜，華容睡醒，起床更衣，「記得帶零錢」，她同自己説，取過錢包，打開大門，往外頭一看，咦，天色墨黑，怎麼是晚上。

抬頭，一天閃爍燦爛的星，她相當歡喜，隨着馬路一直走下。

天漸濛亮，花檔主人已在忙碌張羅，高聲呼喝兒女幫手，已換上校服的伊們老大不願，「上課時間到了。」

華容微笑觀看。

賣小食小販擺起檔口，眾人圍上，華容也跟着排隊，輪到她，檔主問：「要什麼？」她答：「同剛才那樣」，她拿到一大碟香糯腸粉，看上去極之美味，她轉頭，「喂，付錢」，她給兩元，「你別烏搞，十元！」

嘩，一碟子腸粉也要十元，難怪王咸他們老説不夠錢用。

她跟隨大眾站着吃，剛抹去嘴角甜醬，聽到有人叫她，「太太，你怎麼一個人跑到這裏。」

一看，原來是司機。

「我見清晨空氣好。」

司機鼻子耳朵通紅，「我找了大半個山頭。」

「你看，這些人，都忽忽忙忙上班，都會充滿朝氣，原來靠吸盡年輕人最好歲月的精華促成。」

「太太，隨我回轉。」

「你好像很久沒有放假，可要休息。」

這時，有警察走近，「小姐，這人拉手拉腳，你可有事？」

華容連忙答：「不，他是熟人。」

華容只得上車。

司機把她送回家，狠斥傭人，「你竟讓太太走失，下次報警。」

安妮覺得責任太大，向華容辭職，她原主人連忙趕來安撫。

華容輕問：「我是否成為你們擔子。」

「絕不，沒這樣的事，司機大驚小怪，惹惱人。」

「我只出去走走，一下就回。」

這一天，是陳赫回巴西利亞的日子。

華容堅持送他。

伍醫陪着一起到飛機場。

華容看上去並無異樣，一邊還說笑，「你回到亞馬遜河，還乘螺旋槳飛機吧。」

陳赫溫柔看着她，「有時乘木筏。」

「累你白走一趟。」

「我收穫甚豐，回去將好好研究你這個案。」

陳赫忽然緊緊擁抱華容。

華容說：「你的情誼，我永誌不忘。」

「我也是。」

伍醫生煞風景，「別聽這陳赫，巴西那邊不知多少金棕色美女在等他。」

華容接上，「聽說伊們只穿一張布。」

陳赫依依不捨，「有機會來看我。」

又再擁抱一次。

伍醫生把華容送回家。

「真不相信他這樣就走了，我還以為他會把你拆開研究。」

「他那樣豁達，會得幸福。」

到了家，看到王家四兄弟都在等候。

在走廊，先看到王頤，華容脫口而出，「王先生，」她淚盈於睫，「你回來就好，我七零八落，不成氣候，快幫我。」

那王先生走近，握住她手，「太太。」

呵，只是王頤，他的確長得特別像父親。

華容回過神，「請坐請坐，各位的賢妻呢，孩子們為什麼不出現。」

「四人當中，兩人已經離異，另外兩個在辦分居，孩子們一半在英，另一半在美。」

「你們的母親可好。」

「需索無窮，舅舅舅母外甥，都有要求。」

華容笑問：「這次來有何要求。」

「純屬探訪。」

華容躊躇，「你們消息靈通，又風聞何事。」

「只聽說你要往巴西。」

「不會啦，什麼時候，都這樣了，還經得起折騰。」

他們沉默。

「還聽說什麼。」

「沒有，今日見到你精神不錯，甚感安慰。」

華容大約知道他們用意，只說：「我剩下一些資產——」

王咸忽然說：「太太，我們一直誤解你，我代表諸兄弟道歉。」

「你代表你自家就好，我們一向尊敬太太。」

華容笑，「這我可以證實，讓我說下去：有限資產，捐到兒童院，我在該處出身，還歸該處。」

他們唯唯諾諾。

「還有什麼，分給孩子們吧。」

「太太說什麼，我們是來報喜，蘭兒生了男胎。」

「啊，滿月後帶來我瞧瞧。」

「明白。」

「那我們告辭了，王恒指出這裏人手不夠，給你添一個幫手。」

「謝謝關懷。」

華容最終還是叫錯他們名字，恒咸頤晉相互調亂。

離開華宅，四兄弟感慨。

「好似無事，」「其實已認不清人面」，「以前多麼精靈」……

「伍醫生同我們說，有話要講好講了。」

「她年紀比王恒還小。」

「但是，你看，王恒還到處找更年輕女友，她卻已無心戀棧。」

王恒動氣，「說說又纏到我身上。」

「我們小覷了她。」

接着，伍醫生派來看護照應，她孔武有力，往往抱起華容到衛生間。

有一天，洗了頭，剛在梳理，傭人安妮含笑着進來報告：「有人找華小姐，真稀罕，是一個男孩，只十一二歲，一本正經，手持花束，他説他叫金頁。」

華容説：「多麼好聽名字。」

她出去一看，呵，是那個把她拉上繩梯的男孩，「你叫金頁？」

「華小姐，我終於找到你。」

「請進內喝杯茶。」

他穿着稍微嫌大的西服，手裏持一束白玫瑰，遞給華容。

「太客氣了，怎麼找到我。」

「我四出打聽，花了整個月，要找一個人，一定找得到。」

「早知給你電話聯絡。」

他四周圍打量一下，「你的大塊頭男朋友呢。」

華容一怔，「我何來魁梧男友。」

「喏，揹你下山那個。」他看得清楚。

華容想一會，「你是說眉毛。」

金頁又問：「你為什麼用拐杖。」

華容回答：「我雙膝不夠力，靠這個站穩。」

「你有病？」他訝異。

「病了一些時候了，請問你來幹什麼。」

「探訪心儀女子。」

華容微笑，這孩子恁地會說話。

女傭給他一杯可樂。

「讓我介紹自己：家母是丹麥駐本市領事，家父華裔，我現在國際學校讀十年級，成績不錯，我諳中英法及丹麥語言——」

「你將來也打算做外交工作吧。」

說得很高興。

金頁的聲音正在轉沉，異常低音，不似孩子。

他好奇，「請問，你在讀什麼筆記？」

「啊，一個人的旅遊日記，寫得很動人。」

「似乎抄本呢，你一定常常翻閱，看，紙張角落都捲起，可要做一個副本，釘裝起來，做成一本書模樣。」

「可以嗎，只得二三十頁紙。」

「好的故事毋須長。」

這孩子，說話還有哲理呢。

「我希望常常來看你。」

「你不必穿西服，也不用帶禮物。」

「明白。」

華容笑，「你喜歡吃什麼，我替你準備。」

她送他出去，他親吻她手背。

他不是裝大人，根本是個小大人。

伍醫生得悉，這樣說：「男朋友越來越年輕。」

「他有一個很好聽的名字——」

伍醫怕她說出眉毛兩字，但是華容想一想說，「叫金葉子。」

金葉子週末探訪，陪華容說話，很快，連安妮都知道他家庭生活相當愉快：父母相愛，身體健康，他功課不止優異，簡直超級，明年可望早入大學。

大家都喜歡他。

安妮說：「金葉子是一個神童。」

華容說：「他幸運地生長在一個好家庭，有足夠能力栽培他，否則，平庸家長會覺得他是怪物。」

金頁用他沉厚聲音讀拜倫的詩給華容聽，華容感動得淚盈於睫——「事隔多年，如我再見你，怎樣問候，以沉默與淚水」……

金頁說：「英維多利亞女皇喜歡拜倫詩篇，惹皇夫阿爾拔王子反感。」

一日，戚家楣來訪，傭人告訴他，華小姐在園子，他走近，看到華容與一個男孩蹲草地不知尋找什麼。

他問女傭：「掉了什麼？」

女傭答：「昨日找到一枚四葉苜蓿，今日繼續。」

「那孩子是什麼人。」

「華小姐的小朋友，他陪她解寂寥。」

「華小姐健康如何。」

「伍醫生說：他用重止痛劑，好使華小姐生活如常。」

戚家楣沉默，心如刀割。

「她自己知道嗎。」

「我們雖不說，可是華小姐何等聰明精靈，她豈猜不到，現在的日子，不過是盡量叫她高興罷了。」

蹲草地的一大一小忽然歡呼，像是尋到什麼寶貝。

「戚先生留下吃飯吧。」

「她已不認得我。」

他輕輕離去。

大學，還是大學，另外一個世界：似有神秘透明圓拱形罩子蓋着，外頭酸甜苦辣都與大學無關，尤其是講師教授，一批學生成長離去，另外一批青春紅蘋果面孔進來，叫他們永保理想。

戚家楣是其中一分子，漂亮年輕女生圍着他轉。

較大膽的女生問他，「戚先生為何右手無名指與尾指戴兩枚指環，聽說你未婚。」

「一枚由吉卜賽人所贈，另一枚，是我求婚不遂被退還的指環。」

女生張大嘴，像是聽到最最不可思議的話，「你——被拒絕？」全無可能的事怎會發生。

戚家楣點頭。

「她現在可有後悔？」

「我想不，她已找到更年輕對象。」

說罷戚家楣先笑，接着淚盈於睫。

如此傳奇，一下子在校園傳開。

伍醫生會晤戚家楣。

兩人喝悶酒，叫了一杯啤酒又一杯。

伍醫說：「她一直惦記你。」

「我以為你會陪伴她。」

「她怎麼會喜歡我這種獃子，而你，發生什麼事，胖得好福氣，放棄了？」

「最近還好，減了下來。」

「所以身邊的女學生又聚攏，許多一年生，怕連八大行星及其衛星都數不出便貿貿然加入天文系可是。」

戚家楣苦笑，「生命長而苦悶。」

「這是你歷年觀星所得？」

終於說到正題，「華容有何吩咐。」

「不公佈消息，不設儀式。」

「幾時作此決定。」

「一早已向紐律師備案。」

「其他身外物呢。」

「細節在紐律師處，他曾對律師說：少年時有資產可以少吃許多苦，此刻，反而覺得沒太多用途。」

然而，這幾年過得舒適，還是靠豐富資產。

星期日，華容自儲物室取出一疊厚厚重數十磅精裝書籍，送給金頁。

這是什麼，金頁詫異，他逐本翻閱，「天啊，我知道了，這叫百科全書，多麼精緻的廢物。」

華容看着他微笑。

「我保證你還收藏着打字機、地線電話，與攝影機底片。」

華容沒讓他失望，逐一把半古書籍翻出給金頁欣賞，金頁一邊看打字機一邊讚嘆，「嘩，做得如此精緻，你看，字體還分大小草，字鍵敲下卜卜聲，好不神氣。」

「此刻全部淘汰，可入博物館。」

「你別説，」小子另有意見，「聽説美國防部四出搜購打字機處理文件，不再收電腦內，以防入侵偷襲。」

「有這種事。」

兩人説得興致勃勃。

每早起來，第一件事，華容便是問：「頁子今日幾時來。」

像當日她盼望眉毛一般。

華容也不可避免，像任何人一般，變心。

有時他倆散步到比較遠的地方，金頁扶着她，「不要用拐杖，搭我肩膀」，他已到她耳朵那樣高。

一次他問華容：「人的一生，什麼叫幸福。」真考人。

華容答：「每個人的快活定義不一樣，求仁得仁，便叫幸福。」

「你可幸福。」

「小時候，不過想居有定所，吃得到三餐，穿些漂亮衣裳，還有，希望升學，這些願望，稍後也都達到，不過，要拿我所有換取，於是，有朝醒轉，發覺鬢腳已有白髮。啊，還沒有回答你的問題，我幸福否？除出最最想得到的，其餘的，都得到了，再有抱怨，說不過去，於理不合。」

小金頁居然聽懂，呵，他是她的知音。

「那麼，你心中最最嚮往，是什麼東西。」

華容本來想說：我已經不記得，在人生路上，得到不少，失卻更多，如何一一數清楚，但隨即答：「像你這樣乖巧的小男生陪我聊天。」

金亘很感動，「你要好起來，我要向你求婚。」

華容高興得不得了，「哈，那還要等多久，要六年後才到你的合法年齡嗎。」

金亘告訴華容：「下星期家父回丹麥述職，我要回國一次，幾天後回來。」

「祝你一家順風。」

金亘告辭後，華容恢復沉默，她把那本旅遊日誌放在一旁，用手臂枕着頭，沉沉入睡，看護看過她，見她嘴角帶隱約微笑，臉容安靜，呼吸均勻，便靜靜離去，明朝再來。

女傭替她關窗，她輕說：「你看，今夜星光燦爛。」

女傭看向窗外，一天烏雲，何來星光，只得唯唯諾諾。

華容做夢了。

回到兒童院，看見一個小女孩坐在梯間，朝大窗外風景凝視，她與小孩招呼：「小妹，你想什麼」，小孩抬頭，她擁有異常美貌，看仔細些，這不是她自身嗎，她看到了七八歲時的華容。

她吃驚，連忙跑開，一路咯咯聲，有人跟着她，誰？她看向身後，沒有誰，沒有路，只得她一個人，腳步聲漸漸消失。

第二天一大早，女傭先起，敲門入內，看到華小姐手臂枕在頸下，仍然憩睡。

「小姐，我替你開窗。」

再回頭，發覺異樣，她輕輕走近，摸了摸小姐的手，忽然掩嘴，喘息兩下，她想起伍醫生吩咐過的話，奔回客廳，剛想用電話，看護已經來了。

金頁子在一個星期之後才到，他一貫用自行車來回，放好車，已經有人前來開門。

熟悉女傭輕輕說：「請進。」

一進門他就訝異，家具都搬走，大廳放着一張貢桌，幾把椅子。

金頁看到桌上銀相架中照片，頓時嚇得目定口呆。

那是華容的黑白近照，襯着白色花束，不用很聰明的人也知道是個祭壇。

金頁四肢發軟，他第一次嚐到傷心的滋味，只覺頭暈眼花，全身精力自腳底漏瀉，他坐倒地上，到底還是個孩子，忍不住放聲大哭。

傭人連忙扶起他，「不哭不哭。」

他坐在椅子，傭人給他一杯熱可可。

「今天最後一天，下午就收拾屋子關上門，沒想到你剛趕得及。」

「她可有說什麼。」

「啊，是，叫我把這個給你。」

傭人安妮交給他一隻盒子。

「小姐交下這枚戒指贈你，說，將來你求婚，它是一件體面的首飾，只說是長輩所贈便可，讓你收穩，別弄不見。」

金頁說不出話。

「你請回吧，我也要收工了。」

「她其他的朋友可有前來，有一個叫眉毛的人——」

「都來過，伍醫生在這裏坐了一整天，醫院喚他也不理。」

「那個眉毛呢。」

「你指戚先生吧，他像你一樣，不住流淚，可見華小姐生前人緣好。」

女傭這時收拾一下，準備離去，送金頁到門口。

「照片可以給我嗎。」

「華小姐一早吩咐說不可。」

女傭輕輕把金頁推到門外。

她關上門，鎖好。

（全書完）

書名　有限溫存　作者　亦舒

出版　天地圖書有限公司
香港皇后大道東109-115號
智群商業中心十五字樓
電話：2528 3671　傳真：2865 2609

香港灣仔莊士敦道三十號地庫／一樓（門市部）
電話：2865 0708　傳真：2861 1541

設計及插圖　Untitled Workshop

印刷　亨泰印刷有限公司
柴灣利眾街27號德景工業大廈十字樓
電話：2896 3687　傳真：2558 1902

發行　香港聯合書刊物流有限公司
香港新界大埔汀麗路36號
中華商務印刷大廈3字樓
電話：2150 2100　傳真：2407 3062

出版日期　二〇一八年七月／初版・香港